Sonya
ソーニャ文庫

# 愛の種

Chi-co



イースト・プレス

contents

# 序章

「王、中でお待ちください。御一行が到着されましたらすぐに知らせにまいります」

　側近であるハロルドが何回目かの進言をしてきたが、シルフィードは正門前から一歩も動くつもりはなかった。

　到着予定時間は正午。諸事情で遅れる可能性もあったが、それを考えてもここで待つという選択に迷いはない。

（早く……早く、来い）

　ようやく、欲しくて欲しくてたまらなかった、本当に愛しい人がこの腕の中にやって来てくれるのだ。これまでの月日は短いものではなかったが、それでも、それだけの時間を費やしてもまったく惜しかったとは思わない。いや、むしろ万全の態勢で迎えることができたので良しと思わなければ。

「御一行がお見えですっ！」

　その時、様子を見に行っていた兵士の早馬（はやうま）がやってきた。その声を聞いて間もなく、遠くに数頭、馬の影が見える。

無意識のうちに足を踏み出したシルフィードの後ろを、何十人という臣下がぞろぞろとついてくるが、いつもは鬱陶しいと思うのにまったく気にならない。気持ちはすでに、徐々に近づいてくる一行へと向けられているからだ。

やがて、先導する国境警備の兵士の後ろから、数頭の馬が姿を現す。馬車でないことが彼女らしく、思わず微笑んでしまった自分の顔を見て周りがざわめいたが、それを気にすることなくシルフィードは歩を進めていく。

門前で止まった先頭の馬には、旅装束に身を包んだ小柄な姿がある。その人物は誰の手も借りず身軽に馬から下りると、ゆっくり頭に被っていたフードをとった。

健康的な肌の色に生き生きとした表情は、幼いころから少しも変わっていない。

黒水晶のような瞳も、少し丸い鼻も、小さな唇も、なにもかもが愛くるしく眩しくて、シルフィードは自然と目を細めた。

「フィー兄さま」

まだ幼さの残る顔に笑顔を浮かべてシルフィードの名前を呼んだ彼女は、すぐにあっと気づいたように両手を胸の前で交差し、片足を屈めて綺麗に頭を下げる。

「ガーディアル国王、シルフィード・レイガル様、わざわざお出迎えいただき、ありがとうございます。飛鳥族第二姫、沙良でございます。此度はガーディアル王国正妃として、貴国に参りました。誠心誠意、貴国とレイガル王にお仕えいたしますので、どうか末長く添い遂げてくださいますよう、切にお願い致します」

公的な文言のはずなのに、どうしてこれほど胸に響くのだろう。

飛鳥の地で会う時はいつも無邪気で、シルフィードに対しても謙った様子はまったく見せなかったが、今日という日はやはり特別なようだ。

畏まった物腰も可愛らしく、シルフィードは沙良の前に立ち、華奢な身体を抱きしめた。

（……ようやく……）

周りにいる女たちのように化粧臭くない、柔らかな花のよい香りがする。

「待っていましたよ、沙良姫」

「レイガル王」

「私の全身全霊をかけ、あなたを守りますから」

思いのたけはこれだけの言葉では表せないが、シルフィードは待ち焦がれていた存在を腕の中に抱いて誓うように言う。

物々しい周りの光景に緊張していたらしい沙良も、シルフィードの言葉に何度も小さく頷いた。

マントの中から伸ばされた細い腕がおずおずと背中に回り、沙良はシルフィードの胸元に頬を寄せて答えてくれる。

「私も、あなたを守ります。夫婦とは、そういうものでしょう？」

「沙良姫」

まだ十七歳。数人の供しか連れず異国にやってきたというのに、沙良はシルフィードを信じ、さらには守るとまで言ってくれる。安穏とした地位に甘んじることなく、自らも手を伸ばし、抱きしめてくれるような存在が他にいるだろうか。

「……王」

沙良を抱きしめて胸の中に灯った温かな想いを噛みしめていると、側近であるハロルドが声を掛けてきた。

視線を巡らせば、大勢の臣下たちが一様に驚いたような顔でこちらを見ている。

無理もない。意に反する者や敵とみなした者には一切の感情なく剣を振り下ろす、そんな噂とは流れる血がないと噂される《冷血な剣の王》、シルフィード。しかし、沙良に対する態度は、まるで別人のように見えるのだろう。

だが、ハロルドの声掛けはよい切っ掛けになった。

どうでもよい人間の視線などはまったく気にならないが、長い旅路で疲れただろう沙良をこんなところに留めておくのは可哀想だ。早く湯浴びをさせて、美味(おい)しいものを食べさせてやりたい。今日、この日のために国内外から取り寄せた食材を頭の中に浮かべながら、シルフィードは、名残惜しく腕の中から沙良を解放した。

だが、もちろんその肩を守るように抱きしめるのはやめない。

「沙良姫、飛鳥の地よりの長い旅路はお疲れだったでしょう？」

「あ」

「どうしました？」

「私、父様からの親書をお渡しするのを忘れてしまってっ」

きっと、シルフィードに会った時に渡すよう言われていたのだろう。下りたばかりの馬に焦って近づこうとする沙良を、シルフィードはやんわりと止めた。

「飛鳥の族長殿の親書は後から拝見します。今はあなたが優先です。長旅の疲れが取れるよう湯浴びを。その後、ゆっくり部屋でお休みください。」

シルフィードの言葉に、緊張していた沙良の肩から力が抜けたのがわかる。

明らかに安堵したその様子に、表情も柔らかく緩んだ。

「フィー兄さま」

いつもの呼び方に戻ったことに、きっと沙良は気づいていないだろう。それだけシルフィードの側にいることを自然なことだと思っていてくれるのが嬉しい。

「さあ、我が宮に」

もう、会えることを焦がれる時間はないのだ。沙良はシルフィードの花嫁となるために自分のところまで来てくれた。

十年。それが長かったのか短かったのかは今となってはわからない。だが、シルフィードの沙良への想いが深まるには十分な時間であったし、沙良がシルフィードを慕ってくれるようになるためにも必要な時間だったと思う。

シルフィードは沙良だけをその紫の瞳に映しながら、豪華な鳥籠になる宮殿の中へと丁重に促した。

# 第一章

ガーディアル王国は、建国百年にも満たない若い国だ。現在のシルフィードは三代目の王になる。

初代国王は物事を深く見通す目と、優れた判断力、そして人々を引きつける強力な指導力を持って瞬く間に国土を広げていった。

その長子であった二代目の王もまた、圧倒的な支配者だった。だが彼は、前王が対話を心がけた外交をいっさい無視し、武力でもって周りの国々を制圧することで領地を広げ、ガーディアル王国を他の追随を許さぬ大国にした。

一方で、この二代目の王は好色でも名を轟かせ、制圧した国の王妃や王女たち、または貴族の娘や農家の少女も、目についた女たちを次々と自分のものにしていき、十数人もの子をなした。それがシルフィードの父親だ。

「私は正妃を娶(めと)らぬ。世継ぎは、私の血を引く者の中で一番有能な子としよう」

王子は、全員で五人。その母の身分は様々だったが、二代目の王はそう言って子供たちの競争力を煽った。

その中でも最有力候補は、親交のある隣国の王女を母に持つ、第一王子のラドクリフだった。

ラドクリフは母親の権威を笠に着て、異母兄弟たちを蔑（さげす）み、傍若無人にふるまっていた。

ラドクリフの母の一歳下であったシルフィードの母はガーディアル王国の豪商の娘だったが、彼女を恐れて一歩も二歩も引いた態度で、その息子であるシルフィードにもそれを強いた。

教養的にも身体的にも秀でていたシルフィードを特に虐（しいた）げてくる異母兄やその母。幼かったシルフィードが実母に現状を訴えても、「我慢なさい」という一言で片づけられた。五歳の時、ラドクリフよりも先に外国の言葉を覚えたというだけで、彼に剣で腕を切りつけられた。深い傷跡が残ってしまったのに、それさえも子供同士のじゃれ合いということにされてしまった。そして、傷を負った自分よりも、傷を付けたラドクリフの心境を慮（おもんぱか）る実母に、何を言うのも無駄だとわかり、それ以降シルフィードは感情を押し殺すようになった。

そのころから、シルフィードの胸の中では弱い実母への蔑みと、ラドクリフやその母への憎しみ、そして、子供たちを競わせ、憎しみ合う環境をつくり出し笑っている父、ガーディアル王に対する反感が育っていく。

そんなシルフィードが十五歳になった時に転機が訪れた。ガーディアル王国に飛鳥族の族長と、その娘である第二姫が来国したのだ。

世界の始まりに最初に存在していたと言われる倭族からなる飛鳥族。限られた地域の中、純血を守り続けているが、現在ではかなり人数が減っている。

国ではなくあくまでも種族なのだが、善人の集団で欲などなく、細々と暮らし続けているその稀有な存在は各国からは尊敬の念をもって見られ、長い間侵略されることもなく、善意の援助さえ受けていた。

倭国の人間は、黒髪、黒い瞳を持つので、他の国の人間とはすぐに区別ができる。

その時来国した飛鳥の族長もシルフィードが学んだ通りの容姿で、その後ろにいた小さな少女も同様だった。

長年の援助の礼ということでの来国だったが、住んでいる土地から滅多に外に出ることのない飛鳥の族長が訪れるということだけでも虚栄心を満たされたガーディアル国王は、上機嫌でもてなした。

世継ぎの最有力候補とされていた第一王子のラドクリフは王に連れられその宴席に出席していたが、シルフィードはラドクリフの母の策略により同席することを許されなかった。

その代わりに、父王から第二姫のお守を命じられ、面倒だと内心思いながら少女の前に立った。

「なにか、なさりたいことがございますか？」

くれぐれも失礼のないようにと言われていたので、自分よりもはるかに幼い少女に敬語で話しかけると、突然彼女はシルフィードの手を掴み、庭に飛び出してしまった。

「ひ、姫っ？」

最近では滅多に感情を表に現すことのないシルフィードだったが、その時はさすがに驚いて少女を止めようとする。

すると、少女は立ち止まって振り向いた。

「ごめんなさい、あのお花がはやく見たかったのっ」

曇りのない、満面の笑顔。真っ直ぐに向けられる彼女の黒い瞳に、戸惑ったような自分の顔が映っている。

「……姫」

「沙良」

「……沙良？」

「私の名前、沙良っていうの。あなたは？」

当たり前のように名前を聞かれた。今までは身分の高い母を持つ者しか表に出ないということが暗黙の了解のようになっていたので、純粋に興味を持たれてしまったことにどう反応していいのかわからない。

それでも期待を込めた眼差し（まなざ）で返事を待たれてしまい、シルフィードは柄にもなく掠れた声で自身の名を口にした。

「シルフィード、です」

「シ、シルフィ……フィー兄さま？」

「……っ」

名前を呼ばれ、にこっと微笑まれた瞬間、シルフィードは強い衝撃を胸に受けたような気がした。

子供らしい、可愛らしい笑顔。そこには蔑みも媚もまったくない。

知り合って間もない自分に純粋な好意を抱いてくれているのがわかり、その気持ちが真っ直ぐにシルフィードに届いた。

これまで両親に、いや、母にさえこんなにも温かな気持ちを向けられたことがないシルフィードにとって、この時から沙良の存在が特別なものになった。

それから約半月、飛鳥の族長一行はガーディアル王国に滞在した。

その間、シルフィードは誰に命じられることもなく、自ら進んで飛鳥の第二姫、沙良の世話を引き受けた。

七歳の沙良はとても好奇心が旺盛で、自身の土地にはない花や草のことを尋ねたり、珍しい食べ物を食べては目を丸くして驚いた。

シルフィードは幼いころから自身の感情をおし隠し、周りの人間たちの顔色を窺って生きてきた。それはシルフィードにとっての生き抜く術だったが、沙良はそんなシルフィードとはまったく逆で、己の知らないことや知りたいことを積極的に素直に尋ねてきた。

驚くことに、それをけして恥だとも自身の弱みだとも思っていない。心に鬱屈したものがない、おおらかな人間は強いのだということを沙良と出会ってシルフィードは初めて知った。飛鳥の族長との貴重な時間は、父王がほぼ独占したが、族長は沙良の世話をしているシルフィードに時折話しかけてくれた。僅かな会話しかできなかったものの、とても穏やかで思慮深い彼と接していると、本当に国など関係なく尊敬されるべき存在だと認識できた。

別れる時は、

「はい、これ」

沙良はシルフィードに綺麗に編まれた小さな袋を手渡してくれた。

「これ、母様からいただいた、私の宝物なの。でも、フィー兄さまは私にとてもよくしてくれたから、この宝物をどうしてもあげたいの」

「沙良姫……そんな大切なものを、私に？」

「フィー兄さまなら、大切にしてくださるでしょう？」

手作りの素朴な袋は、この国の女たちなら鼻で笑って捨てそうなものだった。現に、見送りに来た異母妹たちはこちらを見ながら馬鹿にしたようにくすくすと笑っている。

しかし、シルフィードは自身の宝物をたった半月一緒にいただけの自分に渡してくれる沙良の優しい気持ちが嬉しかった。

「ありがとうございます」

「私も、ありがとう！」

飛鳥の族長たちが帰国してから、シルフィードにはいつもの日常が戻った。ラドクリフには馬鹿にされ、その母からは虐げられながら、それでも身体を鍛えることや知識を養うことは止めなかった。

一方で、日が経つにつれてシルフィードは沙良に会いたくてたまらなくなった。素直に甘えてくれて、明るい笑顔を向けてくれた沙良。だが、今のシルフィードでは飛鳥族と簡単に繋がりなど持てない。

彼女ことを忘れなければならないのかと思っていた時に事件は起こった。ラドクリフがシルフィードが沙良から貰った袋を庭の池に投げ捨てたのだ。

ご丁寧に中に砂を詰め込まれた袋は浮かんでこず、笑いながらその事実を告げられたシルフィードは全身を汚しながら池に入り、染料が抜けてボロボロになった袋をようやく見つけることができた。

それを笑いながら見ていたラドクリフや他の異母弟妹。

蔑みの目で見ながら通り過ぎた臣下や召使いたち。

人の感情など気にすることもないと思っていた。同じ位置まで自分を貶めたくなかったし、シルフィードにとっては血が繋がっているという事実以外、関わりもないと割り切っていたからだ。

しかし、今回のことはシルフィードだけでなく、沙良の優しい気持ちまでも嗤われたのだ。それだけは絶対に許せない。

　袋を握り締めながら、シルフィードは誓った。この国を我がものとし、自身を蔑んだ者たちを今度は自分が嘲笑ってやろう。

　殺すなんて、そんな幸せを与えてやる必要などない、惨めに生かし、その人生を悔いさせてやる。

　そして、もう一つ決めた。

　この先の人生、欲しいものは絶対に手に入れる。それは、沙良だ――と。

　そのためにもシルフィードは巧妙に立ち回り、まずは、飛鳥族との交流を自分の手で行うことができるようにした。

　僅かの滞在でも、飛鳥の族長はシルフィードが自国で虐げられ、冷遇されているのがわかったのか、快く受け入れてくれた。

　その妻も、そして周りの人々も、今までシルフィードが出会ったことがないほど人が良く、親切で、この地はまるで天界かと錯覚してしまいそうなほどだった。

　だが、ただ一人、沙良の姉で第一姫である理沙はかなり矜持が強く、傲慢で高飛車だった。あの両親からどうしてこんな子供ができたのかと不思議なほどだったが、おそらく飛鳥族への尊敬の念を自分へのものと勘違いしてしまったのだろう。援助に関しても当然のものだと受け止めているように見えた。

　そんな理沙を、沙良が「姉さま、姉さま」と慕うのが可哀想なほどだ。

はじめはシルフィードのことも単なる使者だと雑に扱ってきた理沙だったが、歳を経るごとに色目を使ってくるようになった。もしかしたらシルフィードにこの地から連れ出してもらおうと思ったのかもしれない。

人は、自分の利益のために他人に取り入ろうとする。

それはシルフィード自身もわかる。異母兄妹たちが将来の自身の利益を考え、王座に一番近いと言われているラドクリフにすり寄っていくのを見てきた。一方でそれはしかたがないことだとも達観していたが——。

「フィー兄さま！」

「沙良姫」

初めて出会った時はシルフィードの腰ほどの身長しかなかった彼女だが、少しずつ大きくなっていっても、最初に向けてくれた笑顔と少しも変わらない。沙良こそと思った自身の目に狂いはなかったと、出迎えてくれる彼女を抱きしめるたびにそう感じた。

「沙良姫」

「なに？　フィー兄さま」

「沙良姫は私と一緒に、ガーディアル王国に来てくれるつもりはありませんか？」

何年も飛鳥族の地に通い続け、沙良に懐かれている確信を持った時、シルフィードは冗談めかしてそう聞いてみた。沙良がどんなにこの地を愛しているのかは知っていたが、どれくらい自分のことを思ってくれているのか確かめてみたかったのだ。

「……」

「沙良姫？」

「ごめんなさい、フィー兄さま。私はこの地を離れるつもりはないの」

「……」

「飛鳥の民はこの地で生まれて、この地で死んでいくの。それは生まれた時からの私の運命なのよ」

そもそも、飛鳥族のほとんどの者たちは住まう土地から離れることはないと聞く。長い年月の間には、稀に飛鳥族の女が近隣諸国の王族に密かに囲われることはあったらしいが、族長の血族に限ってはこれまで他国の者と縁を結んだことは一度としてないのが事実だ。それは純血を守り、土地を愛する飛鳥族ならではの掟のようなものかもしれない。

自分を選んでもらえなかったことは確かに残念だったが、自分の生まれた地を、そして家族を愛する沙良が羨ましく、そして……さらに愛おしくなった。

沙良がいれば、他の誰もいらない。彼女だけが、味方になってくれたらいい。

やがて、最大の好機が訪れた。ガーディアル国王、シルフィードの父が病に倒れたのだ。

それはあまりにも急なことで、絶対君主制だった国内は一気に騒がしくなった。

まだ父王が存命の時から次期王の話を口にし、気の早い者はラドクリフ親子に媚を売る。

彼らもその気になって、まるで既に国王に即位したように政に口を出すようになった。

もはや倒れてしまった王について行く者はいない。そんな空気が王宮内に蔓延していたが、彼らはすっかり忘れていたのだ。

王位継承は、現王の指名によってなされることを。

今まで黙って従っていた家族や臣下たちが自身に背を向け、深い絶望の中にいた王の側にいたのはシルフィード一人だった。

シルフィードは王に対し、自分は最後まで忠誠を誓うことを約束し、言葉の通りに今までと変わりなく政の相談をした。あくまでも王はまだ父なのだと言葉や態度で示していると、病と離れていった者たちへの不信感で弱くなっていた父の心は、一気にシルフィードに傾き、王の死に際、劇的な宣言がなされた。

『次期ガーディアル国王は、第二王子シルフィードとする』

病床の王の部屋に集められた王子、王女たち、その母や重鎮たちも突然の宣言に騒然となったが、立会いをしている長老会は指名を有効とみなし、宣言を撤回せよといきり立つラドクリフたちに意味深な笑みを向けた父は、意外にも安らかな顔をして逝(い)った。

シルフィードはその日から即座に動いた。

命の保証をする代わりに、異母弟たちを国外退去にさせた。これまで大国の王子として安穏と暮らしてきた異母弟たちにとって、今後の生活の保証がないというのはさぞかし不安だろう。

異母妹たちと父の愛人だった女たちは、これから友好関係を結ぶ国々への貢物(みつぎもの)として送り出した。引き取ってくれた相手へは相応の礼はしたし、運が良ければ妾妃くらいにはなれるかもしれないが、ガーディアル王国の王族としての利権はいっさいないという書面と、反故にした場合の処遇をくれぐれも述べたので、馬鹿なことをしでかす者はいないはずだ。

残る第一王子だったラドクリフとその母は、そのまま宮殿に留めた。ラドクリフの母の祖国でもある隣国、リアンが二人を引き取りたいと言ってきたが、一番自分を苦しめた者たちを簡単に解放するつもりはなかった。

ずっとシルフィードを下に見てきた彼らにとって、王として臣下や召使いに傅かれるシルフィードを見るだけでも腸が煮えくりかえっていることだろう。しかし、シルフィード自身はそんな彼らのことはもう眼中になかった。

シルフィードがガーディアル王国の王座を自らとりに行ったのは、すべて沙良を手に入れるためだ。

そして――――。

「皓史殿が？」

シルフィードがガーディアル国王となって初めて飛鳥族の地を訪れた時、そこで今にも泣きそうなほど顔を歪めている沙良に出迎えられた。

『フィー兄さま……皓史を助けていただけませんか』

今年六歳になる沙良の弟、次期飛鳥族の族長である皓史は、身体が弱い少年だった。少し前まではシルフィードの贈っていた薬が効いて元気だったが、最近は彼の病状が悪化し、飲んでいた薬も効かなくなってきているという。

弟の病を、なんとか助けて欲しいと訴える沙良を、シルフィードはじっと見下ろした。

「沙良姫」

真っ直ぐに思いつめた眼差しを向けてくる沙良を可哀想だと思う反面、大人びて見えるその顔はとても綺麗だ。

「私にできることなら何でもしますっ。兄さまの国で働いて、今まで助けていただいた分も含めてお返しできるようにしますので、どうか、どうか皓史を助けてください！」

沙良にとって、縋るのはもはやシルフィードしかいなかったのだろう。

そして、シルフィードにとっても、この沙良の言葉をずっと待っていた。

「……何も、返していただく必要はないですよ」

「え……」

「私があなた方にしたことは、見返りを求めない善意です。皓史殿のことも、できる限りのことをしましょう」

「本当にっ？」

今度は歓喜の涙を浮かべた沙良に、シルフィードはようやく、言いたくてたまらなかった言葉を伝えた。

「見返りなどは要りませんが、沙良姫、どうか私の願いを一つだけ叶えていただけませんか？」

「フィー兄さまの、願い？　もちろんっ、私にできることなら何だってしますっ！」

素直で、可愛い沙良。

そんなことを言えばどう付け込まれるかわからないのに、シルフィードを信用してそう言ってくれる。

「……それでは、私の花嫁になっていただけませんか？」

「花嫁？」

首を傾げる沙良の前に跪き、その手をとって恭しく甲にくちづけた。

「もうずっと、あなたに恋しているのです。沙良姫、どうか私と共に生きてください」

「フィー兄さま……」

突然のシルフィードの申し出に、沙良は当然のように困惑していた。

その時、沙良は十六歳。結婚するには早い年齢ではなかったが、彼女にとってその地を離れることは考えもしなかったはずだ。

飛鳥族を愛する沙良の気持ちは十二分にわかっていたし、シルフィード自身族長を始め、この一族を好ましく思っている。しかし、このままいけば遠くない将来、沙良は一族の男と結婚してしまうはずだ。

自分以外の男の腕に抱かれるなんて絶対に許さない。今でさえ、会えない間沙良に触れた男がいないかどうか、嫉妬に胸を焦がしているのだ。

「私が、フィー兄さまの、花嫁……」

沙良の様子を見ても、戸惑ってはいるが嫌がっているふうには見えない。

自身の策略でここまで沙良を追いつめはしたが、彼女に向ける想いは真剣で、一点の曇りもないと言い切れる。

あくまでも皓史のことと引き換えではないのだと沙良にわかってもらうためにもシルフィードは言葉を継いだ。

「初めて会った時からずっと、あなたのことを愛らしい方だと思っていました。あなたを知って、今では本当に愛おしく思っています」

「……っ」

「どうか、皓史殿の義兄として、誰に憚ることなく援助をさせてください」

「フィー兄さま、私……」

沙良の頭が徐々に赤く染まってきた。

「沙良姫」

下から、じっと沙良を見上げる。

「……」

シルフィードは、握っている手にそっと力を込めた。

シルフィードの申し出は飛鳥族にとっても悪くないもののはずだったが、何度頭を下げても族長は難色を示した。援助の代わりに沙良を差し出すような形になるからだ。

その反応はあらかじめ予想されていたことではあったし、ここまで待って焦りは禁物だとじっくり時間をかけ、誠意を示すために、シルフィードは足繁く通って許しを請うた。現実的に、ガーディアル王国が手を引いてしまうと、飛鳥族は立ちゆかないほど困窮しているし、何より皓史の命がかかっている。シルフィードは自信を持って待った。

結局は沙良の決意の言葉でシルフィードの念願が叶い、彼女を花嫁としてガーディアル王国に迎えることとなった。

胸の中の愛の種が、ようやく陽(ひ)の目を見るのだ。

# 第二章

（大きな宮殿……）

沙良は溜め息をつきながら宮殿の中を見渡した。幼いころ、父に連れられて一度訪れたはずなのだが、その頃の記憶はシルフィードと遊んだということばかりで、宮殿の中の様子はすっかり忘れていたのだ。

沙良は今までの自身の生活を卑下したことはないが、それでもここはまるで別世界のように思える。本当にこんな宮殿の中で、自分は王妃として暮らすのだろうか。

「凄く広い湯殿だったわねぇ」

感心したように呟く声に沙良は振り返った。そこには故郷からついて来てくれた側使いで幼友達でもある由里が立っていて、頬を上気させながら同じように辺りを見ている。

シルフィードからは身一つで来て欲しいと言われたが、父が異国の地に一人くらいは気心の知れた供を連れていくように助言してくれたので、一番仲が良い由里に同行を頼んだ。

ただし、沙良がガーディアル王国に馴染んだら、由里は故郷に帰すつもりだ。慣れない国に留めておくのは申し訳がないいし、由里には想う相手もいるのだ。

「なんだか、夢の国にいるみたい」

「本当。私にはもったいないわ」

元々身体が弱かった弟の皓史が、この一カ月でずいぶん容体が悪くなってしまった。それまで、周りの国々が融通してくれていた薬はいつしか手に入らなくなってしまい、それと同時に援助物資も滞るようになった。

頼るはガーディアル王国のシルフィードからの薬だったが、病状が進んでしまった皓史には効かなくなった。

どうすればいいのかと途方に暮れていた時、ガーディアル王国の王となったシルフィードが訪ねて来てくれたのだ。

もう、彼しかいないと思い、沙良は必死に懇願した。そんな沙良にシルフィードは力を貸してくれることを約束してくれたが、思いもよらないことを告げられる。

『もうずっと、あなたに恋しているのです。沙良姫、どうか私と共に生きてください』

沙良にとって、シルフィードはいつでも優しく遊んでくれる、兄のような存在だった。大国の皇子なのに偉ぶることもなく、思慮深くて、遥々この地にまで訪ねて来てくれる日がいつも待ち遠しかった。

親愛の気持ちはある。しかし、それが恋や愛かと言われればすぐには頷けなかった。

戸惑う沙良の気持ちを慮ってシルフィードは待ってくれ、答えを出せないでいる間に皓史の薬や医師の手配をしてくれた。

申し訳なくて、どうすればいいのかと思っているうちに、沙良はいつしか自分がシルフィードのことばかり考えるようになっていることに気づいた。

激しい恋ではないかもしれない。

しかし、徐々に愛することはできると思った。

父にシルフィードの申し出を受けることを伝え、シルフィードにも受諾することを告げると、瞬く間に準備を整えられてしまい、今こうしてガーディアル王国に来ている。半月後の沙良の十七歳の誕生日には婚儀を挙げ、正式なガーディアル王国の王妃になるのだ。

「あ」

不意に、隣にいた由里が深い礼の形をとった。

「沙良姫」

そのすぐ後に、深く響く声で名前を呼ばれる。

「フィー兄……レイガル王」

飛鳥の地ならいざ知らず、ここではシルフィードを愛称で呼ぶことなど許されないと慌てて言い換えたが、シルフィードはいつもの優しい笑みを向けながら沙良の髪をゆっくりと撫でてくれた。

深く、黒に近い茶色の髪をした彼の、珍しい紫の瞳が優しく沙良を見つめる。

（綺麗……）

いつ見ても、この不思議な紫の瞳はとても綺麗だ。沙良に向けられる時は、特に優しい光を帯びているので大好きだった。

自分よりずっと背が高く、細身に見えるのに軽々と沙良を抱き上げることもできる力持ちのシルフィード。剣の腕も相当なものだと、父が話してくれたこともあった。

頭が良くて、優しくて、なにより沙良を大切に想ってくれているシルフィードを前にすると、沙良はいつでも胸が高鳴るし、嬉しい気持ちになる。

「いつも通りの呼び方で構いませんよ」

シルフィードの後ろには数人の護衛が立っている。飛鳥の地に使者として来ていた頃とは違い、この国の国王となったシルフィードは単独で行動することもできないのだろう。二人きり、せめて由里だけならまだいいが、シルフィードの臣下がいるところではさすがに愛称で呼ぶのは不味(まず)いと思う。

しかし、躊躇(ためら)う沙良にシルフィードはなおも告げた。

「沙良姫、もうここはあなたの国でもあるのですから、あなたが思うようにしてくださって構いません」

「……」

シルフィードの言葉に、沙良はちらっと背後に視線を向ける。彼らは無表情で控えていた。

(……いいのかしら)

「沙良姫」

迷っていると、促すように名前を呼ばれる。

「……はい、フィー兄さま」

折れた沙良がそう言えば、シルフィードは嬉しそうに目を細めてくれる。沙良の大好きな、優しい表情だ。

「湯浴びは終えたようですね」

「はい。とても大きな湯殿で驚きました。お花もたくさん湯に浮かべて頂いて……あれは、フィー兄さまが？」

「あなたは花が好きでしょう？」

「ええ」

痩せた飛鳥の地には限られた植物しか点在しない。大好きな花も少なくて、それが当たり前だと思っていたが、幼い日にガーディアル王国を訪れた時に色とりどりの花々を見て本当に驚いた。その時の沙良の様子を覚えていてくれたことをとてもうれしく思う。

「あなたのために、もっと花を増やしたのですよ？　早く庭を案内して差し上げたいのですが、今日は着いた早々でお疲れでしょうから、まずは部屋に案内しましょう」

「フィー兄さまが？」

そんなことは召使いがするものだと思っていたので、シルフィード自らが申し出てくれたことに目を丸くする。

「お仕事がお忙しいのではないですか？」

「あなたを迎える以上の大切なことはありませんから」

「そ、そんなことは」

「さあ」

手を差し出され、沙良はしばらく大きくて長い指のそれを見つめた。シルフィードと手を繋ぐことなど、これまで数え切れないほどしてきたというのに、結婚する相手と思った途端にとても恥ずかしく思えてきた。

顔が熱くなって俯くが、もちろん嫌ではないのだ。

意を決してシルフィードの手のひらに自身の手を乗せると、包み込むように握りしめられる。

引かれるようにして歩き出すと、由里やシルフィードの護衛も付いてきた。

「考えうる限りのものは用意したつもりですが、足りないものや欲しいものがあれば遠慮なく言ってください。すぐに用意しますから」

「フィー兄さま、私をあまり甘やかさないでください。私は兄さまの花嫁になりますが、同時にこのガーディアル王国の民を兄さまと共に守っていくつもりです。過度な贅沢をするつもりはありません」

「……」

「……なんですか?」

不意に笑われてしまい、沙良は自身の決意が子供じみていたのだろうかと不安になる。

「あなたらしいと思って」

「私らしい、ですか？」

「あなたにかかると、誰もが清廉潔白に生きなければと思ってしまいます」

「清廉潔白……」

自分の言葉がどうしてそこに繋がるのだろうかと不思議に思ったが、シルフィードはすぐに沙良の言葉を肯定してくれた。

「確かに、私と共にこの国で生きてくださるのだから、意見も合わせていかなければなりませんね」

「……そうです」

広い宮殿内はどんなに歩いてもなかなか目的の部屋に着かない。長い廊下の両端には立派な壺に活けられた生花が並んでいる。とてもきれいで華やかだ。等間隔にある扉も重厚なもので、見ているだけでも圧倒される感じがした。

シルフィードが疲れていないかと声を掛けてくれたが、沙良は改めて見る宮殿内の豪華さに目を奪われていて、返事も上の空になってしまった。

時折、余所見をし過ぎて足がつい止まってしまうが、そのたびにシルフィードも合わせて立ち止まってくれ、沙良が見ているものの説明をしてくれる。

やがて、一つの扉の前に沙良は促された。

「ここです」

そう言うと、それまで後ろを歩いていた護衛の二人が左右から扉を開いてくれる。そのくらい自分でもできるので申し訳なくてたまらないが、慣れているのかシルフィードは当然のように沙良の肩を抱いたまま部屋の中に入った。

「うわ……」

母が側にいたら、きっとはしたないと呆れられてしまうくらいに沙良はポカンと口を開く。

それほどに、その部屋は素晴らしかった。照明から家具まで、どれも細かな細工がなされており、一見して簡素なように見えるが、すぐにとても贅を凝らしているのがわかった。扉を入ってすぐに応接間のような卓があり、その奥に美しい布で覆われた大きな寝台があった。

側には箪笥や机も置いてあり、その奥には身支度を整えることができるような洗面場や鏡が配置されている。

大きな窓には明るい色の窓掛けが設えられ、外には露台まで。

そこかしこに、綺麗な花も活けられていた。

贅沢な、とても自分の暮らす部屋とは思えないそこに、沙良はただ立ち尽くすことしかできない。

「どうですか？」

沙良の顔を覗きこむようにしてシルフィードが尋ねてきた。

「沙良姫の好みのものを選んだつもりですが、気に入らなければはっきりそう言ってくださいね。すぐに望むものを用意させますから」

「と、とんでもないですっ。あまりに素晴らし過ぎて、なんと言っていいのか……」

「ガーディアル王国の王妃としては、これでもまだまだ質素な方です。あまり華美だと落ち着かないでしょう？」

　確かにその通りなので頷き、沙良はもう一度部屋の中を見渡す。すると、左側に扉が一つあった。

「フィー兄さま、あの扉の向こうは？」

「ああ、あの向こうは私の部屋です」

「フィー兄さまの？」

　それでは、たった扉一つで自分たちは繋がっているということか。

「夫婦になるのですからね。できればいつも私の部屋にいて欲しいですが、名目上妃の部屋も必要なので」

　上機嫌なシルフィードは、身を屈めて唇を耳元に寄せてくる。

「もちろん、鍵など無粋なものは付けていません」

「……」

　すぐに意味がわからなかった沙良だったが、ようやくあっと気づいた。

（そ、そうよね、私たち、結婚するんだもの）

ガーディアル王国に行くという決意をするまでが大変だっただけに、沙良はすっかりその後のことが抜けていた。シルフィードの花嫁になるということは、結婚して夫婦になるということだ。そこにはもちろん、夫婦としての営みがついてくるはずだ。

沙良はちらっと視線を上げる。すると、いつからこちらを見ていたのか、シルフィードと目が合った。

「それとも、この部屋は必要ありませんか？」

暗に、ずっとシルフィードの部屋に入り浸りになるかと聞かれているのだ。沙良は慌てて首を横に振った。

「あ、ありがとうございますっ、大切に使わせていただきます！」

「良かった、気に入ってくださったようですね」

気に入るも何も、沙良にはとても勿体ない部屋だが、シルフィードが沙良のために用意してくれたのなら、その好意はちゃんと受け止めたい。

「疲れたでしょう？　少し休んでください。夕食の時にまた迎えにきますから」

「はい」

とても眠れそうになかったが、沙良を気遣ってくれるシルフィードのために頷く。

彼は沙良が寝台に横になり、掛け布を被るまで側にいてくれたが、少し仕事があるからと額にそっとくちづけを落とし、名残惜しげに出て行った。

扉が閉まる音がし、静まり返った部屋の中に大きく響いた溜め息は沙良のものか、それとも由里が零したのか。

「……凄いわね」

「……うん」

二人して顔を合わせ、同時に笑ってしまった。

「慣れそう？」

「……慣れなくちゃ、いけないのよね」

これが、この国での生活だ。

沙良は諦めたように溜め息をつくと寝台から起きあがった。シルフィードは休んだ方がいいと言ってくれたが、目は興奮しているせいか冴えている。

ならば、少し宮殿の中を探索してみたいという好奇心に駆られてしまった。

「レイガル王に叱られるんじゃない？」

沙良の提案に由里はおとなしくしていた方がいいと言うが、沙良はこのまま客人の立場でこの地にいるつもりはなく、一刻も早くガーディアル王国のことを勉強したいと思っていた。

飛鳥族という限られた世界の中で生きてきた自分には、知らないことはきっと多い。危機的状況を助けてくれたシルフィードのためにも、できることは率先してやりたかった。

「少し見て回るだけ。夕食までに戻ってくればいいでしょう？　ね？」

手を合わせ、祈るように由里を見る。

「……本当に、少しだけよ？」

「ええ」

呆れたふうを装いながら、実は由里もこの宮殿の内部に興味津々な様子がわかる。飛鳥族の地にはない、大きくて豪奢なこの建物の中には、いったいどんな驚きが詰まっているのだろうかと思うと、胸がわくわくとした。


シルフィードに部屋まで案内される時、チラチラとだが辺りを見回した。

廊下にまでフカフカの厚い毛織物が敷かれてある。靴を履いたまま歩くのが申し訳ないくらいだ。

「ねえ、由里、靴は脱いだ方がいいかしら」

「でも、何も言われなかったでしょ？」

「そうだけど……」

両端に施されている見事な刺繍はきっと人の手によるものだ。これだけの技術と労力の品の上を歩くのは忍びない。

沙良は立ち止まって編み込みの靴を脱いだ。すると、素足にとてもよい感触が伝わった。

「由里も脱いでみて？　すごく気持ちいいからっ」

「もう」

それでも、由里は沙良の言う通り靴を脱ぎ、その感触に同じように驚いている。

そのまま靴を片手に持って、沙良はまた歩き始めた。幾つものドアを勝手に開けるような不作法はせず、廊下に飾られている花や装飾品を興味深く見つめる。

この世で一番裕福な大国と言われているのは誇張ではないと、たった少し見て歩いただけでも感じ取れた。シルフィードはこの素晴らしい宮殿を管理し、広大なガーディアル王国の領土を統治しているのだ。

沙良と会う時はいつも物腰が柔らかくて優しいシルフィードだが、国王という立場では苦しいこともつらいこともたくさんあるはずだ。

(私は、お手伝いできるかしら……)

倭族の末裔と尊敬の念を抱かれているものの、沙良自身は片田舎のただの娘だ。秀でた能力などない自分にシルフィードの重荷を一緒に担ぐことなどできるのだろうかと改めて考えると、今回の結婚の申し出を受けたことが正しいのかどうか迷う。

——それでも、シルフィードの手を取った今、逃げ出すことは許されない。沙良自身、逃げたくはなかった。

「あ」

しばらく歩いた先の階段の脇に、明らかに他のとは違う頑強で武骨な扉が現れた。

「何かしら？」

「さあ？」

由里も首を傾げる。

「普通の部屋とは違うみたいだけど……」

覗いてみたいという好奇心に駆られたが、もちろん思うだけに留まった。もしかしたら大切なものをしまっているのかもしれないし、今日ここに着いたばかりの自分が、シルフィードの許しなしに勝手なことをするわけにはいかない。

どうしても気になったらシルフィードに許可を貰おうと、沙良は無理矢理その扉から視線を外して再び歩き出そうとした、その時。

「！」

その扉が中から開いた。

「あっ」

「……」

「あ、あのっ」

（ど、どなたかしら？）

現れたのはシルフィードくらいに背が高い、若い男だった。

肩まで緩やかに波打った明るい茶髪に、緑の瞳をしたその男は、兵士にしてはその服はとても上等に見えた。怖いほど整った、だからこそ少し冷たくも見えるシルフィードとは違い、彫(ほり)の深い男らしい容貌をしている。

「何者だ」

ただ、その眼差しは冷酷そうで、物言いも横柄だ。

「は、初めまして、私は飛鳥族第二姫、沙良といいます」

問われて思わず名乗ると、男の目が僅かに瞠られた後、皮肉気に口元を歪めながら吐き捨てられた。

「シルフィードの人身御供か」

「え……」

「代々血を守ってきた一族が、金のために娘を差し出してきたのだろう。権力を増大させることしか興味がないあいつの考えそうなことだ」

憎々しげな口調から、目の前の男がシルフィードにあまり良い感情を持っていないらしいというのはわかった。人の思いというものは、他人には推し量れないものがあるとは思う。それでも、これだけは訂正しなければと、沙良は頭一つ分近く上にある男の顔を見上げた。

「私は、お金のためにレイガル王と結婚するわけではありません」

「なに？」

「確かに、レイガル王は我が飛鳥族に多大なる援助をしてくださっています。私たちはそれに深く感謝をしています。でも、私は本当に、フィー兄さまを支え、共に生きようと思ってここまで来ましたっ」

いつの間にか、シルフィードへの敬称はいつもの呼び名に変わってしまった。だが、それを訂正する間もなく、沙良は続けて言う。

「私はフィー兄さまだけに負担を強いるつもりはありません。これからは私も一緒にこの国のために……っ」

「ははは っ!」

沙良の言葉は、男の笑いによって遮られた。本当に面白いことを聞いたとでもいうような笑い声は沙良の耳にこびりついたが、これ以上説明したとしても今のこの男が受け入れてくれるとはとても思えなかった。

「……あなたは、どなたです? どうしてフィー兄さまをそんなふうに悪く言うのですか?」

ただの臣下や召使いが、こんなにも辛辣な言葉でシルフィードを非難しないはずだ。服装や、手入れをされた髪などを見ても、かなり高貴な身分には見える。

男はしばらく沙良を見つめていたが、やがて眉間に皺を寄せたまま唸るような声で告げてきた。

「私は兄だ」

「……兄?」

聞き間違えかと思って思わず呟くと、男は目に憎悪の光を宿しながら言った。

「シルフィードは私の異母弟。私はこのガーディアル王国の第一王子、ラドクリフだ。本来ならばこの国の国王になっていたはずの男だ」

「フィー兄さまの……兄さま？」

　それまで、シルフィードの口から他の兄妹のことを聞いたことはなかったので、沙良は純粋に驚いてしまった。

　シルフィードがガーディアル王国の国王に即位したと聞いた時、同時に前国王が病死をされたということは父から説明を受けた。その後、シルフィードの口からは失意の母親は他国にいる親族のもとへと静養に出たということを聞いた。

　確かに、幼いころ訪問した時、何人かの幼い子供たちには会った。

　ただ、沙良はほとんどの時間をシルフィードと過ごしたし、その後、王の名代として飛鳥の地を訪れてくれる彼の口からは家族の話題は出たことがなかったので、自然と沙良の頭の中ではシルフィード以外の人間は忘れてしまっていた。

　目の前の男――ラドクリフは、シルフィードの兄、第一王子だと言った。確かに普通に考えれば長子のラドクリフが即位するのが正しいように思うが、その反面、こんなにも誰かを憎んでいるような表情をしている彼が人々の上に立てるとは考えられない。

「あの」

「沙良、と言ったな。お前もせいぜい泣かぬことだな。シルフィードにとって大切なのは、お前が飛鳥族の血を引いているということだけだ」

「……っ」

　頭のどこかで考えていたことを言い当てられ、沙良は思わず息をのんだ。

「どの国でも、飛鳥族への崇敬は深い。そんな飛鳥族の姫を花嫁に迎えれば、シルフィード自身の価値も高まるだろうな。いや、それならば私の方がお前にとってもよいのではないか？　私は隣国リアンの王族の血筋で、このガーディアル王国の第一王子だ。いくら今王座に就いていると言え、下賤の血を引くシルフィードの子をなすよりも、高貴な血筋を持つ子が生まれるだろう」

「何をおっしゃっているのですか？　私はフィー兄……レイガル王に嫁ぐためにこの国に参ったのです」

「卑劣な手段を用いて王になったあいつが長く君臨できるはずもない。お前も早々に見切りをつけたほうがよいぞ」

まるでそれが最良の案とでもいうかのように、ラドクリフの声は熱を帯びている。

兄弟だというのに、どうしてこんなにもシルフィードに憎しみを抱いているのだろうか。不思議に思う以上に、悲しくなってしまい、沙良の顔は泣きそうに歪んでしまった。ラドクリフのこの言葉を、絶対にシルフィードには聞かせたくない。

すると、何を思ったかラドクリフが沙良に向かって手を伸ばしてくる。反射的に身を引いた時、

「……兄上」

「！」

感情を押し殺したような声が聞こえ、ラドクリフの手は止まった。

はっと振り向いた沙良は、そこにシルフィードの姿を見つけて思わず安堵の息をつく。

「フィー兄さま」

追い詰められた気持ちが、彼の姿を見た瞬間に根拠のない安堵感で満ちた。

沙良と視線が合ったシルフィードは、いつものように優しい笑みを向けながら近づいてくる。そして、肩に手が置かれたかと思うと強く抱き寄せられた。

「こんなところでどうされたのですか？」

「ご、ごめんなさい、勝手に出歩いてしまって」

「謝ることはありません。今日からここはあなたの家でもあるのですから、どこなりと行くのは構いませんよ。ただ、少々広い家なので、どこに行くか言ってくださらないと私が心配でたまらない」

沙良の謝罪をやんわりと受け取ってくれたシルフィードだが、その視線が一向にラドクリフに向かわないことが少し不思議だった。ラドクリフの言う、兄弟だということが真実ならば、まずは一言声を掛けてもおかしくはないはずなのに。

「……兄さま」

「先ほど部屋に向かったらあなたの姿がなかったので、きっと冒険をされているのだろうと思いましたが、案の定でしたね。どこか、あなたの興味が引かれる場所はありましたか？」

わざわざ部屋にまで来てくれたということは、シルフィードは忙しい政務の手を止めてしまったということだ。迂闊な己の行動を後悔したが、やはりラドクリフのことが気になって沙良はシルフィードを見上げ、胸元の服をそっと引っ張った。

「あ、あの、兄さま、この方、兄さまの兄上だと……」

そう言うと、ようやくシルフィードの視線が目の前の男に向かう。見上げた先にあるシルフィードの頬から笑みは消えていないが、その綺麗な紫の瞳がなぜかいつもより暗く見えた。

「兄上」

シルフィードの呼び掛けに、ラドクリフは眉間の皺を深くする。憎々しげな眼差しは、シルフィードの出現を不快に思っているようだ。

どうしてこんな顔をするのだろう。戸惑う沙良の前で、シルフィードがようやく口を開いた。

「なぜここにいらっしゃるのですか？　頼んでおいた仕事は終えられたということでしょうか？」

「……あれが、仕事か」

「国のために役に立つことならば、それは立派な仕事ではありませんか。沙良姫、兄上は今、我が国の民の氏名、年齢、住む場所を一覧に記録なさっているのですよ」

「ガーディアル王国の民……皆のですか？」

シルフィードは簡単に言うが、それはとても大変なことだ。正式な人数はわからないが、確かガーディアル王国は何十万人もの民がいるはずで、今も他国からの移民は多いらしいと父が言っていた。その膨大な人数の記録を記しているなんて凄いと、ラドクリフを尊敬してしまう。

「仕事も捗るでしょう？　私も、あの部屋にいた時は集中できましたから」

シルフィードは穏やかに話しかけているが、目の前のラドクリフの様子はどう見ても友好的ではなかった。

不機嫌そうにこちらを見る姿に、ラドクリフの仕事を慰労しているシルフィードの言葉が気に障ってしまったのか不安に思う。それとも、もしかしたら沙良に対してあまり良い感情を抱いておらず、そのために沙良と結婚しようとしているシルフィードに対して怒っているのだろうか。

（そういえば……）

シルフィードが現れる前、ラドクリフは沙良に向かって溜まっていたものを吐き出すようにぶつけてきた。その内容は沙良にとっては不本意なものだったが、祝福されていないのは寂しいし、それがシルフィードの兄の意思だというのはもっと――。

「沙良姫」

落ち込む沙良の気持ちをまるで支えるかのように、抱きしめてくるシルフィードの腕の力がさらに強くなる。

（……弱気になるなんて……だめ）

覚悟を決めてここまで来たのだ。着いた早々、負の感情をぶつけられたからといって、弱気になっていてはこの国の王妃などになれるはずがない。なにより、シルフィードがこうして支えてくれているのだ。

沙良はシルフィードを見上げ、心配そうな紫の瞳に笑みを向かる。すると、シルフィードも安堵したかのように目を細めてくれた。

「……シルフィード、私はお前の花嫁殿と顔合わせをしていない。兄に隠れて式を挙げるつもりだったか」

その時、ラドクリフが口を開いた。先ほどまでと変わらない冷たい響きの言葉に、シルフィードが沙良から視線を離して真っ直ぐに彼を見ながら答える。

「式の当日、儀式の合間にでも紹介するつもりでした」

「合間に、だと」

「それで十分でしょう」

「に、兄さまっ」

それはさすがに失礼じゃないかと、沙良は慌ててシルフィードの服を強く引っ張る。ラドクリフは前王の第一王子で、シルフィードの兄だ。格式ばった公の場ではなくても、それなりの礼を持って対するのが普通のはずだ。

しかし、シルフィードは今の言葉を失言だとは思っていないらしく、静かに言葉を続けた。

「仕事の邪魔をして申し訳ありませんでした。沙良姫、部屋に戻りましょうか」

「で、でも」

「兄上にはまだ仕事が残っているので、時間をとっては迷惑になってしまいます」

　重ねて言われると、沙良も何も言うことはできない。目礼してそのまま立ち去ろうとするシルフィードの腕に半ば引きずられそうになりながら、慌ててラドクリフに向けて頭を下げた。

　ラドクリフはこちらを向いたまま、微動だにしていなかった。

「兄さま、あのっ」

「驚いたでしょう？　申し訳ありません。ですが、王である私が目下の兄上に対して阿ることはできないのです」

「え？」

　意味がわからず、沙良は首を傾げる。すると、シルフィードは口元に苦笑を浮かべながら言った。

「父王からの指名によって私は王になりましたが、いまだ長子を王にと言いだす愚かな輩がいるのです。大国で、身内のいざこざが漏れてしまえば、他国に取り入る隙を与えかねません。……たとえ、兄上にその気はなくても、私は心を鬼にして対応しなければならないのです」

　それは、沙良には考えることもできない深い事情だ。

飛鳥族では世襲は長男で、男が生まれない場合は長女と決まっている。そこには付け込む隙などまったくないし、飛鳥族の人間はもとより、周りの国々も認めていることだ。

だが、ガーディアル王国のような大国になると、事情も変わるのだろう。大きな権力を欲しがる人もいるということはわかる。そのためには身内まで利用するという考えまでは、沙良にはわからないが。

「沙良姫」

「……私、フィー兄さまにご兄弟がいらっしゃること、全然考えていなくて……。ちゃんとご挨拶をしなくて、本当によかったのですか？」

身内にまで用心しなければならないシルフィードが可哀想で、沙良は少しでも彼を慰めたかったが、色恋に疎いせいで何を言ったらいいのか、どう行動すればいいのかわからなかった。

結局、そんな当たり前のことしか言えないでいると、不意に立ち止まったシルフィードが身体を屈めて沙良の耳元に顔を寄せてくる。突然のことに身体が強張ってしまう沙良に、響きのよい声が少しだけ拗ねる響きで耳をくすぐった。

「あなたの口から、他の男の話を聞くのは寂しいですね」

一瞬、何を言われたのかわからなかった。

すると、今度は唇が頬に触れ、反射的に身体を離そうとする沙良を見て、ようやくシルフィードがいつものような優しい笑みを向けてくれる。

「あなたの心には、私だけがいたいのですよ」

「あ……、あの、私はそんなっ」

急にそんなことを言われても、どう返事をしていいのかわからない。俯く頬が熱くて両手で押さえる沙良に、シルフィードが問い掛けてきた。

「宮殿の中を見たかったのですか？」

「か、勝手に出歩いてごめんなさい。でも、じっとしていられなくてっ」

「それならば私が案内しましょう。今日はもう、この後の予定はありませんから」

「いいのですかっ？」

もちろん、シルフィード自身が案内してくれるのならば安心だし、何より嬉しい。だが、勢いよく上げた視線の先にハロルドの姿を見つけてしまい、その彼の険しい眼差しを見ると嬉しい気持ちが萎んでしまった。

シルフィードは沙良を気遣ってそう言ってくれたのだろうが、王である彼はとても忙しいはずだ。沙良に付き合ってのんびりと宮殿内を歩く時間なんてないだろう。

「わ、私は大丈夫です。兄さまはお仕事を……」

「私にとって、あなた以上に大切なものなどありません。まだこの地に慣れないあなたが不安なままでいるのが心配ですし、何より私が側にいたいのですよ」

きっぱりと言い切ってくれると、それ以上断ることなんてできなかった。側近であるハロルドには後でたくさん謝るので、今はシルフィードが言ってくれたように側にいてもらおう。

　沙良がシルフィードの言葉を受け入れたことがわかったのか、さらに嬉しそうに笑ってくれながらシルフィードは続けた。

「明日は商人を呼んでいます。あなたに似合いそうな宝飾やドレスを用意させていますよ。披露宴で着る花嫁衣装もとても良い出来で、喜んでくだされればいいのですが」

「花嫁衣装って、でもフィー兄さま、婚儀は飛鳥族の民族衣装を持参してきましたし、何枚もの衣裳なんてもったいなくて……」

　異国民同士の婚礼の場合、それぞれの国の民族衣装を着るのが一般的だ。シルフィードももちろんそれを知っているだろうし、飛鳥族の誇りを大切にしている沙良の気持ちも理解してくれているはずだった。しかし、どうやらシルフィードには婚儀に対する夢があるらしい。

「もちろん、婚儀は飛鳥族の衣装を着てください。ただ、披露宴では可愛らしいあなたの他の姿も見たいのです。愛する者を飾り立てたいというのは男の本能ですから」

　直接的なシルフィードの告白に、沙良は何も言えなくて俯く。

　昔からシルフィードは、沙良に対して言葉を惜しむことはなかった。幼い時はそれこそ、沙良の知らないことをたくさん教えてくれたが、結婚を申し込んでからの彼の言葉は、沙良が困惑してしまうほどの愛のこもったものに変化してきた。

　もちろんそれはとても嬉しいのだが、色恋に免疫のない沙良はどう反応していいのかわからなくて、いつもこんなふうに口ごもって視線を逸らしてしまうのだ。

そんな沙良を、シルフィードはいつも許してくれる。ろくに愛の言葉も言えない沙良を、大きな愛で包んでくれる。

今まではシルフィードに甘えていたが、結婚を機に沙良も恥ずかしさなど押し退けて、ちゃんと彼に言葉や態度で気持ちを伝えるつもりだ。ただ、もう少しだけこのぬるま湯のような居心地の良さに浸っていたくて、沙良はくすぐるように頬を撫でてくるシルフィードの手に小さく笑んだ。

◆◆◆◆

結局、シルフィードの提案を受け入れてくれた沙良は、その翌日から花嫁の支度を整えることに同意した。

あらかじめ、沙良に似合うだろうと選んでいた花嫁衣装は、面紗もドレスも穢れのない純白だ。緻密な刺繍を施されたそれは一見地味にも見えるが、可愛らしく清廉な沙良の良さを最大限に引き出している。

いや、シルフィードの想像以上にその姿は美しかった。

当然のことながらその身体にぴたりと合って、いつもよりもずいぶん大人びた、ほのかな色気さえ感じさせるほどだ。満足したシルフィードは、続いて宝飾も選ぶ。意図的に用意した華美な安物と、無駄な飾り気のない上等で高価な物を比べて選ぶように言えば、沙良は思った通り飾り気のないものを選んだ。

「これでいいのですか？」

「はい」

それでも申し訳なさそうな沙良にわざと不満げに言うと、ようやく納得したように頷いてくれる。

次々と決まる花嫁支度の合間には、肌に良いとされる香油を塗るようにと由里に命じ、綺麗な黒髪には毎晩栄養剤と艶を出す効果のある薬で手入れをさせる。若く、みずみずしい沙良の全身は、瞬く間に眩いほどに綺麗になっていった。

沙良と共に過ごす楽しくて穏やかな時間は、怖いほど早く過ぎてしまう。

婚儀まで半月もあると思っていたのに、気づけば当日を明日に控えていた。

そんな中、シルフィードは執務の合間をぬって、沙良と正門前に立っている。今日、沙良の父でもある飛鳥族の族長が、明日の婚儀に出席するために来国してくるのだ。

傍目にも落ち着かない様子の沙良を見ていると、まだ肉親への情が薄れていないことがわかる。今はしかたがないかもしれないが、いずれ誰よりもシルフィードのことが大切だと思われるようにしたい。

「あ！」

声を上げる沙良の視線を追えば、数頭の馬がやってくるのが見えた。

「来られましたね」

「はいっ」

今にも駆けだしたいのだろうが、他にもガーディアル王国側の重鎮が居並ぶ中ではしたないことはできないと我慢したらしい。身体の横で握りしめられた手を見て、シルフィードはそっと自分の手でそれを包む。

やがて、すぐ目の前までやってきた先頭の馬から、大柄な男が降り立った。

シルフィードは沙良の手を解放して歩み寄り、片手を胸に当てて頭を下げる。圧倒的な国力を誇るガーディアル王国の国王と言えど、飛鳥族の族長にはこちら側から敬意を示すのが習わしであるし、なにより沙良の父と思えば自然に礼を持って接しようと思えた。

「ようこそいらっしゃいました、伶史殿」

「……レイガル王」

頭からフードを外した飛鳥の族長は、真っ直ぐにシルフィードを見た後頭を下げた。

尊大なところのない、穏やかな気質がそのまま表情に表れているような族長は、先日沙良へ結婚を申し込む際に会った時よりは顔色が良くなっているように見える。あの時は後継ぎの命の不安と沙良への申し訳なさに苦しめられ、ずいぶんと痩せてしまっていたが、少しは落ち着いたようだ。

「沙良」

「父さま」

沙良は弾んだ声でそう呼んだ後、慌てて礼をした。まだ婚儀を挙げていないとはいえ、沙良はもうガーディアル王国の民も同然で、飛鳥の族長に対しては敬意を払わなくてはならない。

そんな沙良の一連の様子を目を細めて見ていた彼は、もう一度シルフィードに視線を戻した。

「この度は貴国の多大なる援助に、深く感謝を致します。本来なら妻も同行をしたいと申していたのですが、皓史の世話があるために今回は失礼させていただきました。申し訳ない」

「いいえ。皓史殿の容態はいかがですか？」

「幸いに、頂いた薬が合ったようです。それに、有能な医師も診てくださっているので、ひとまずは安心かと」

「それは良かった」

このまま飛鳥族との関係を円満にするには、皓史の身に万が一のことがあっては困る。いくら弟とは言え他の男のことを心配する沙良を見ているのは面白くはないし、差し向けた医師と薬でこのまま健康になってくれたら何も言うことがない。

「さあ、まずは旅の疲れを流してください。すでに酒席も用意しております」

シルフィードが族長を促すと、なぜか彼は後ろを振り返った。

「レイガル王、妻と息子は今回欠席となりましたが、妹を祝いたいと姉の理沙を同行して参りました。理沙」

「……理沙殿を？」

確か、事前の出席確認の時には理沙の名は出ていなかった。わざと隠していたということはこの族長に限っては考えられず、きっと直前になって本人が我儘を言ったとしか思えなかった。

以前から、飛鳥の地を出たいと言っていた理沙。そのせいで、沙良よりも二歳年上だというのにまだ結婚もしていない。飛鳥族としての矜持をねじ曲がった方向に身につけている女の登場に厄介だとは思ったが、花嫁の家族をこのまま追い返すことはできなかった。

「姉さまも来てくださったんですかっ」

なにより、こんなにも嬉しそうな沙良の顔を曇らせるわけにはいかない。

同行者に手を借りて馬から降りた理沙は、シルフィードの目の前に立つと狙ったかのようにゆっくりとフードを取った。

その瞬間、周りにいた者たちがざわめいたのがわかる。

「お久しぶりです、シルフィードさま」

「……ようこそ、いらっしゃった」

飛鳥の地ならばともかく、このガーディアル王国の領土内でいきなり名前を呼ぶ非礼を本人以外は気づいていたが、理沙は艶やかな笑みをシルフィードに向けたままだ。

容姿だけでいえば、確かに理沙は整った顔立ちをしている。飛鳥族特有の黒髪はよく手入れをされたように艶やかだし、化粧もしっかりとしていた。だが、それだけだ。

「お疲れでしょうから、すぐに湯殿の支度をさせましょう。さあ、どうぞ」

最後の言葉は族長に向けて言い、シルフィードは沙良の肩を抱き寄せる。

「フィー兄さま?」

「行きましょう」

理沙の来国は面倒だが、視界に入れなければいいだけだ。

今は明日の婚儀と、その後の夜のことだけを考え、シルフィードはじっと自分を見つめる理沙の視線を一切無視した。

# 第三章

　その夜の晩餐は、遥々婚儀に駆けつけてくれた飛鳥族族長の父と姉を歓迎して、シルフィードが用意してくれたものだった。

　沙良の部屋とは別の部屋に案内され、旅装束を解いた父と姉が広い食堂に現れた時、シルフィードと共に出迎えた沙良は驚いてしまった。姉が飛鳥族の民族衣装ではなく、大胆に肩から胸元が露出し、裾に深い切り込みの入ったドレスを着ていたからだ。故郷でも、派手なドレスを好んで着ていた姉だが、それにしてもここまで大胆なものを着ているのは初めて見た。

　ふと側にいる父を見ると、なんだか苦い表情をしている。父にとっては未婚の姉があまり派手な装いをするのは好まないのかもしれない。だが、とても似合っているので、沙良は素直に姉を褒めた。

「とても綺麗なドレスですね、姉さま」

「ありがとう」

　当然のように頷く姉を父と共に席に促し、食事が始まった。

父のことを気遣ってくれているシルフィードは頻繁に話を振ってくれていたが、やがて話題は弟の皓史のことになった。

「そうですか、皓史殿が手紙を」

「はい。後でご覧下さい」

シルフィードへの礼を手紙にしたためたという皓史はまだ幼いが、シルフィードのおかげで延命したということをちゃんとわかっている。一生懸命手紙をしたためた姿を想像して沙良の胸が熱くなるのと同じように、シルフィードも穏やかに笑みながら沙良に向かって頷いてくれた。

恩を感じることはない。

シルフィードはそう言ってくれるが、紛れもなくシルフィードは飛鳥族と皓史にとって命の恩人だ。感謝の思いを込めて見つめる沙良に苦笑したシルフィードは、少しだけ声を潜めて父に言った。

「伶史殿、食事の後に少し時間を頂けますか？　私の知らない沙良姫のこともお聞きしたいのですが」

「もちろん、よろこんで。沙良はお転婆だったので、馬から落ちたり、川遊びでずぶ濡れになったりなどの話しかないかもしれませんが」

「父さまっ」

十二分に身に覚えがあり過ぎる。頻繁に訪れてくれたシルフィードももちろん、男まさりな沙良の失敗をよく知っているはずだが、それ以上の失敗なんて知られてしまったら恥ずかしくて死にそうだ。

「それならばなおさら聞きたい」

それなのに、シルフィードは身を乗り出すようにして言うのだ。

からかわれているとわかっていても顔が熱くてたまらない沙良が慌てて止めようとした時、それまで黙っていた姉が口を開いた。

「シルフィードさま、私もご一緒してよろしいでしょう？」

「も、もちろん、姉さまも一緒に」

沙良は姉が助け船を出してくれることを期待したが。

「理沙殿には、帰国時の土産を選んでもらいましょう。ちょうど商人が宮殿に滞在していますので、宝飾でも生地でも、どうかお好きなものを選んでください」

「まあ、なんでもよろしいのですか？」

シルフィードの言葉に即座に頷いた姉を父が諫めたが、シルフィードは「お気遣いなく」と言って微笑んだ。

「沙紀さまの分もお願いします」

「もちろんですわ」

沙良はほんの少しだけ、限られた家族の時間が少なくなってしまうのを残念に思ったが、飛鳥の地を離れることができない姉が、初めて訪れた大国の雰囲気を楽しみたいという気持ちも理解できた。

（まだ、数日いてくれるのだし）

話せる時間はきっとある。

気持ちを切り替えた沙良は、恐縮する父に話しかけるシルフィードの言葉に耳を傾けることにした。

婚儀当日。

夜が明ける前に身を清めた沙良は、姿見に映る自身の姿をじっと見つめた。

着ているのは飛鳥族の民族衣装で、足首まで隠れてしまう白い長衣に、赤い飾り布を巻きつけるものだ。ゆったりとしているので身体の線は露わにならない。

普段は編み込んでまとめてある黒髪は、今日は下ろしているので腰ほどの長さもあった。緩やかに波打っているのは、最近町の女たちの間で流行っているという焼き鏝を当ててもらったからだ。

ずいぶん白くなった肌に施された化粧は薄めだが、唇にひかれた赤い紅のせいか、これまでの子供っぽい表情から少しは、大人の女性に見えた。

だが……と、沙良は両手を胸に押し当てる。いくらゆったりとした衣装だとは言え、あまりにも胸元が寂しい気がするのだ。昨夜、姉に胸が小さいとからかわれてしまった。そ

のことを思い出して落ち込んでいると、

「沙良姫？」

「！」

突然かけられた声にハッと振り向くと、扉の前に立っているシルフィードの姿を見つけて目を瞠った。

「フィー兄さま、どうして……」

続く言葉は、シルフィードのあまりに凛々しい佇まいに止まってしまった。

婚儀にはあまり相応しくない黒色の礼装に身を包んだシルフィード。いや、礼装だけでなく、皮の手袋も、靴も、マントもすべて黒一色で、王としての僅かな宝飾品のみ、光に輝く色だった。

だが、夜を連想させる凄然と、そして孤高で気高い雰囲気を纏うシルフィードにはとても似合っていて、凛々しく整った容姿にも沙良は思わず見惚れてしまう。

そのシルフィードも、驚いたような表情をしてこちらを見ている。もしかしたら、己の装いのどこかがおかしいのかと急に不安になった沙良は、おずおずと小さな声で尋ねた。

「……おかしい、ですか？」

「まさか。あまりに綺麗なので驚いたのです。こんなにも綺麗な人を花嫁に迎えるなんて、私はなんという幸せ者でしょう」

「そ、それは、褒め過ぎです」

照れて俯くと、シルフィードが近づいてくるのがわかる。やがて、そっと顎を取られてしまい、しかたなく顔を上げた沙良の目に、心配げなシルフィードの顔が映った。

「沙良姫、今胸元に手を当てていたようですが、どこか具合が悪いのですか？　それならば遠慮せずに言ってくださ い、式よりもあなたの身体の方が大事なのですから」

「い、いいえ、身体は大丈夫です」

「では、いったい何をしていたのです？」

「そ、それは」

「……」

「それは、あの……」

まさか、胸が小さいことに悩んでいたのだと言えるはずがない。できれば、なんとかごまかしたいと思ったが、真っ直ぐに自分を見るシルフィードに、些細なことでも隠すのが申し訳なく思ってしまった。

言ってしまえば、何ていうこともないことかもしれない。いや、この身体を見るシルフィードに聞いた方がはっきりして、対策を考えられるかもしれない。

それでもなかなか勇気がなくて沙良はしばらくの間落ち着きなく視線を動かしていたが、やがて思いきってシルフィードに言った。

「フィー兄さま、私の、あの、胸……小さいですよね？」

「胸？」

唐突な言葉に、さすがのシルフィードも戸惑った表情になる。しかし、一度口にした沙良は開き直ってしまった。

「私の年なら、もう少し胸があってもいいですよね？　男の方は、だいたいの方がそうなんですって。フィー兄さまだって、大きい方がお好みでしょう？」

できれば、まだこれから成長すると思いたいが、人それぞれなので言いきることはできない。ただ、この身体をシルフィードが見て残念に思うならまだしも、やはり理沙にすればよかったと後悔だけはして欲しくなかった。

「で、でもっ、私、ちゃんと毎日揉んで、少しは大きくなるように努力しますっ。ですから、兄さまっ、後悔だけはし……に、兄さま？」

いきなりシルフィードが笑いだして、沙良はそれ以上言えなくなってしまった。いや、こんなふうに声を出して笑うシルフィードを見るのは珍しく、沙良は何がそんなにおかしかったのだろうかとわからなくて困惑する。

「兄さま……」

しかし、すぐにシルフィードは笑いを止めてくれ、沙良の肩を掴んだ。

（え……？）

次の瞬間、静かに重なった唇。初めての、くちづけだった。

何をされたのか、現実に付いていけない沙良をシルフィードは抱きしめてくれる。そして、腕の中で身体を固くする沙良に宥（なだ）めるように告げた。

「どんなあなたでも、あなただからこそ愛おしく思っています。容姿など関係ありません」

「フィー兄さま……」

「私の言葉を信じてください。私は今のあなたに欲情しているし、胸など、今後の成長を考えれば楽しみでもありますよ。いっそ、毎日私が胸を揉んであげましょうか？」

「に、兄さまっ」

たまらなく恥ずかしいことを言われてしまったが、不思議と沙良の中の身体に対する引け目は消えていた。人に言われた言葉より、自分の言葉を信じて欲しい。そう言ってくれたシルフィードの言葉を、沙良は信じる。

それよりも、今のどさくさ紛れのくちづけの方が衝撃的で、思い出しただけで顔が火照ってきた。シルフィードの目を真っ直ぐに見れないでいると、今度は頬に柔らかな感触がした。

「さあ、婚儀が始まります。ようやく、あなたを私のものにできる」

差し出されたシルフィードの手に、沙良は真っ赤な顔をしたままぎこちなく自身の手を重ねた。


大国ガーディアル王国の、即位したばかりの年若い国王の結婚式。しかもその相手が飛

鳥族の姫ということで、各国は今後ガーディアル王国がどれほど強大な国になっていくのか戦々恐々としているらしい。それほど、飛鳥族という名には力があった。

各国の王族に、ガーディアル王国の貴族や重鎮たち。

沙良が会ってしまったので、しかたなくラドクリフも婚儀に出席をさせることになった。ただし、ラドクリフの周りには式の参加者に身を扮した護衛たちが取り巻いていて、万が一でも間違いが起こらないよう対策は整えてあった。

そんな中、見届け人である長老会の面々の前を、シルフィードは沙良と腕を組んで歩いた。

厳かな雰囲気の中、時折沙良の足が止まる。縋るように組んでいる手に力がこもるたび、シルフィードは反対の手でそっと撫でた。

今まで少人数の飛鳥族の中で暮らしていた沙良にとって、何百人もの参列者のいる前で歩くこと自体緊張するのも当然だ。笑顔もなく、強張った表情で、とにかく躓いたりしないように足を進めるさまが可哀想に見えるが、各国に沙良がガーディアル王国の王妃になるのだと知らしめるためには最後まで耐えてもらわなければならない。

「沙良姫」

シルフィードが小声で声を掛けると、沙良が少し顔を上げた。

「もう少しですよ、頑張って」

「は、はい」

左右に長老会の重鎮が居並ぶ中、祭壇を上がったシルフィードと沙良の前に祭司が立った。

「ガーディアル国王、シルフィード・レイガル。神の御前で御誓いください」

シルフィードは沙良の手をそっと外すと、一歩前に進み出てその場に膝を折る。

「我、ガーディアル国王、シルフィード・レイガルは、飛鳥族第二姫、沙良を妻とし、永久に愛し、永久に慈しみ、生涯を共にすることを誓う」

静まり返った大広間の中に自分の声が響く。だが、シルフィードはただ一人、沙良に向けてだけ誓った。

「飛鳥族第二姫、沙良。神の御前で御誓いください」

促された沙良が、シルフィードの隣に跪いた。

「わ、我、飛鳥族第二姫、沙良は、ガーディアル国王、シルフィード・レイガルを夫とし、永久に寄り添い、永久に崇敬し、生涯を共にすることを、誓います」

(沙良……)

震える声で沙良が言いきった瞬間、シルフィードは深い息をついた。ようやく、沙良を妻にできた。神の前で誓った言葉は絶対だ。

「ここに、お二方が夫婦であると承認する」

祭司の祝福の言葉を受け、立ちあがった二人に夫婦の証である剣が与えられる。銀でできた柄に宝飾を散りばめた実用ではない飾りの剣は、神の前で誓った言葉を破られた時、相手の胸を突くという言い伝えからだ。

もちろん、これを使う日など来るはずもない。

シルフィードは祭壇から降りると、最前列で列席している飛鳥の族長の前に向かった。彼は泣いてはいなかったものの、その目は真っ赤になっている。いくら沙良自身が望んだと伝えても、どこかで援助のために娘を犠牲にしたという負い目があるのだろう。

「伶史殿、沙良姫のことは私にお任せください」

「……どうか、頼みます、レイガル王」

「……父さま……」

父の姿に沙良はポロポロと綺麗な涙を流した。もう、娘ではなくなってしまったことが悲しいのだろう。

「あなたが望めば、飛鳥の地へ一緒に行きましょう」

「ほ、本当に？」

「もちろん。あなたの家族は、私の家族でもあるのですよ」

ただし、それは沙良の身も心も完全にシルフィードのものになってからだ。里帰りをするとしても、帰るのはこのガーディアル王国だと当然のように思えるまでは、宮殿から一歩も出すつもりはない。

シルフィードの言葉に素直に喜び、言葉を交わし合う親子の隣では、憮然とした表情の理沙が立っていた。服は沙良と同じ飛鳥の民族衣装だが、飾り布の色が緑だ。これは確か、独身だという意味だったはずだ。

「……」

シルフィードの視線を感じたのか、理沙が顔を上げてにっこりと微笑みかけてくる。そこに、涙の影はない。

(沙良との別れなど、なんとも思っていないということか)

本当に、とても姉妹とは思えない。

「……さあ、沙良姫、披露宴の支度をしなければ」

「は、はい。父さま、姉さま、また後で」

「ああ」

婚儀に続いて執り行われた披露宴は、荘厳な雰囲気から一転、賑やかなものになった。楽師や踊り子も呼んでいるので、そこかしこで歓声が湧いている。そんな中、シルフィードと沙良は各国の主だった者たちの祝辞を受けていた。

沙良も少しは緊張が解けたようだが、それでも可愛らしい笑顔はどこか硬い。シルフィードはその様子を注意深く見ながら、次々に注がれる酒を口にした。

「この方が、飛鳥の姫さまですか」

「この度はおめでとうございます」

「あ、ありがとうございます」

滅多に飛鳥の地から出ない一族は謎に包まれているので、この時ばかりと繋がりを持と

う と望む者たちが押し掛けてくる。族長などは注がれ続ける酒の飲み過ぎか、顔が真っ赤になっていた。

その隣にいる理沙にも、多くの男たちが群がっている。今までは表向き一族以外と結婚しないと言われてきた飛鳥族が、第二姫とはいえ外国へ嫁がせたのだ。自分たちもその可能性があるかもしれないと、あからさまに理沙を口説く者もいるという報告を受けた。

飛鳥の族長は皓史がいるので、理沙も外に嫁ぐことはできる。できればこれから先、沙良と関わることのないよう遥か彼方の地へと嫁いでくれたらいいと思いながら、シルフィードはようやく挨拶の波が途切れたのをきっかけに沙良に言った。

「沙良姫、もう奥に下がられてもいいですよ」

「え、で、でも」

自分たちを祝っている人々を放り出すのが心苦しいのだろうが、沙良にはこの後もっと大切な時間があるのだ。

「皆はただ飲んで騒ぎたいだけです。最後まで付き合うことはありません」

「フィー兄さま……」

「それに、私たちにとっての婚儀はこれからです。どうか綺麗に装って私を待っていてください」

「……！」

暗に夜の交わりのことを告げれば意外にもすぐに意味を酌み取ったらしく、沙良は持っていた果汁の入ったグラスを焦って落としてしまう。

「ご、ごめんなさいっ」

ドレスに染みが付いてしまって沙良はますます慌てたが、シルフィードは合図をして呼び寄せた召使いに後始末をさせると、側に控えている沙良の召使いに連れて下がるように命じた。

披露宴は丸三日ほど続く。

そのすべてに顔を出さなくてもいいし、結婚した夫婦には何よりも大事な儀式があるので、後は無礼講のようなものだ。

シルフィードも折を見てその場を辞そうとしたが、ふと目の前に立つ影に気づいて顔を上げた。

立っていたのはラドクリフだ。その姿を目に入れなくてもいいよう、かなり離れた場所に席を用意しておいたはずだった。見れば、監視を命じた者たちが青褪めた表情で取り囲んでいる。どうやらラドクリフの勝手な行動を押しとどめることができなかったようだ。

今は何の権限もないとは言え、ラドクリフは前王の第一王子だ。単なる護衛が手や口を出すことを躊躇うのもわからなくもないが、何のためにあらかじめ手を打っていたのかと呆れる。

これは後日彼らに懲罰を考えなければならない……と考えながら、シルフィードはラドクリフを見上げた。

今日のような素晴らしい日に口をききたい相手ではないが、かといって兄弟間に不穏な空気があるというのをむやみに広めるのも得策ではないと、口元に笑みを湛え、それでも目は笑わないままこちらから口を開いた。

「楽しんでおられますか？　兄上」

本来なら自分こそが祝辞を述べられる立場だとでも思っているのか、ラドクリフの顔が憎々しげに歪む。その顔を見るだけで本当に楽しい。

「……シルフィード」

「……」

「お前は、満足か」

何を今さらなことを言っているのだろう。シルフィードはおかしくなってふっと声を出して笑った。

「もちろんです。ようやく、本当に欲しいものを手に入れたのですから」

「お前……っ」

「兄としての祝いの言葉ならお受けします。ですが、余計なことは考えない方がよろしいですよ、兄上。私は血の繋がりのある者を目の前から消すことなど、なんとも思わない男ですから」

そう言ってシルフィードは立ちあがる。

「ガーディアル王国の王子として、来賓(らいひん)の方々のお相手を頼みます」

ラドクリフの相手などする時間がもったいない。

シルフィードはこの後のめくるめく幸せな時間を頭の中に思い描きながら、一度も振り向かないまま大広間から退出した。

◇◇◇◇

「い、痛いわ、由里～」

「我慢して！　大事な夜ですもの、磨き上げなくちゃっ」

湯殿で腰掛け椅子に座った状態の沙良は、力を込めて身体を擦る由里に泣きごとを訴えるが聞き届けてもらえなかった。

沙良自身、どんなに綺麗にしても自分の身体をシルフィードがどう見るか気になってしかたがないが、だからと言って背中の皮が剝けそうなほど強く擦られるのは痛い。

「さあ、今度は香油を塗るわね」

シルフィードが用意してくれたいい匂いの香油を全身に塗りつけられながら、沙良は不安になって由里に聞いてみた。

「ねえ、由里、私って……子供っぽい？」

「え？　まあ、妖艶な美女ではないわね」

からかう由里はいつもと変わらない調子だろうが、沙良はその言葉に深く落ち込んでしまった。

（やっぱり、姉さまの言う通りかも……）

昨夜、父が少しの間席を離れた時に部屋の中で二人きりになった理沙が、なぜか不機嫌そうに言ってきたのだ。

『お前のような子供を抱くなんて、シルフィードさまがお可哀想ね』

綺麗で逞しく、優しいシルフィードに自分が似つかわしくないことは自覚していた。飛鳥族との縁を望むなら、自分よりも姉を選ぶのが当然だろうと。

しかし、シルフィードは事あるごとに沙良に想いのこもった言葉をくれ、大切だと態度でも示してくれる。そんなシルフィードを沙良も大事に思うからこそ、この身体を彼がどう思うのか気になってしかたがなかった。

「痛っ」

沙良の不安をどう思ったのか、パンと背中を叩いた由里が笑いながら言った。

「あんたは何も考えず、すべてレイガル王にお任せしていたらいいの！」

「由里……」

「もしかしたら、豊満な身体はお嫌いかもしれないじゃない。今さら考えたってしかたがないし、毎晩可愛がっていただけたら、そのうち胸も大きくなるわよ」

「由里！」

こんな大きな声で言って、誰かに聞かれたら大変だ。焦って止めたが、由里が自分を励ましてくれているのはわかるので、文句を言うことはできなかった。

（……そうよね。もう、フィー兄さまのおっしゃる通りにしよう）

そう決めると、変に緊張していた気持ちが少し収まった。

湯殿から出た沙良は、由里に手伝ってもらって夜着を身につける。それは足首まである白い長衣で、胸元を帯で結ぶようになっていた。下着も身につけずにそれだけを着るのでなんだか心もとない。

戻る部屋も、今日は沙良に宛てがわれた部屋ではなく、その隣のシルフィードの部屋だ。沙良のためか、綺麗な花がそこかしこに飾られている。

「……」

「沙良」

「き、緊張、して」

「大丈夫。……姫さま」

いきなり由里はその場で礼をとった。普段姉妹のように育ってきた彼女が、沙良と二人きりの時にこんなことをするのは初めてだった。

「此度のレイガル王との御成婚、まことにおめでとうございます。心より、祝福いたします」

「由里……」

「どうか末長く……お幸せに」

由里の声が少し震えているのに気づき、沙良は自分まで泣きそうになってしまった。

物心ついた時から今まで、ずっと一緒にいたのだ。由里が心から祝ってくれているのを感じ取り、沙良は唇を噛みしめてただ頷くことしかできない。

もう一度深く頭を下げた由里が退出し、広い部屋の中は沙良だけになった。

今までも何度か訪れたことはあるものの、それはいつもシルフィードと一緒だったので自分が一人になるということはなかった。それが妙に心細く、いたたまれない。

シルフィードが来るまでどうしていたらいいのか考えながら、沙良は少しだけ窓を開けてみた。風に乗って、賑やかな音楽とざわめきが聞こえる。シルフィードが婚儀も飲む口実だと言っていたことを思いだし、思わず笑ってしまった。

「……うん、大丈夫」

笑ったことで、少し気持ちが落ち着いた。

沙良はそのまま扉へと歩み寄ってその場で足を止める。ここならば真っ先にシルフィードと顔を合わすことができると思ったからだ。

それほど待つこともなく、やがて扉が開いてシルフィードが姿を現した。扉の近くにいた沙良を見て驚いた様子だったが、すぐに楽しげに笑いながら長い腕で抱きしめてくれる。

「沙良姫に出迎えて貰えるなんて、本当に嬉しいですよ」

歯の浮くような言葉も、シルフィードが言えば耳に心地よい響きになる。なんだか急に二人きりなのだと実感してしまい、沙良はシルフィードの腕の中で身体を固くしてしまった。

「……緊張しているのですか？」

「は、はい」

この後の夫婦の営みが上手くできるかどうか、考えるだけで頭の中がグルグルとしてしまう。母には簡単な助言をもらったが、性的に未熟な沙良には理解できないことばかりだった。

知識だけ豊かになってもいけないので、後はシルフィードにすべて任すようにとは言われたが、本当に自分は何もしなくてもいいのだろうか。

考えている間、沙良の顔はとても険しいものになっていたようで、シルフィードにそのまま応接間の卓のもとへ誘導された。そこには酒瓶とグラスが二つ置かれている。

「少しだけ飲んだ方が落ち着くかもしれませんから」

「でも、私、お酒は……」

「口を付けるだけ。どうぞ」

大人が飲むものとばかり思っていた酒だが、グラスに注がれる黄金色をした液体を見ると少し味見をしてみたいという好奇に襲われた。シルフィードが言うように舐めるだけならと恐る恐る口に含んでみると――。

（……あら？）

「沙良姫？」

「……美味しい、かも」

甘くて口当たりの良いそれは、飲み慣れた果汁のように喉を通っていった。その後一瞬くらっとしたが、目に見えた体調の変化はない。

すると、平気な顔をして二口目を口にする沙良に、シルフィードが笑いながら言った。

「案外、あなたは酒に強いのかもしれませんね」

「……そうでしょうか？」

今回だけではとてもわからないが、苦くて飲めないということはなかったので多少は大丈夫なのかもしれない。

「あなたと晩酌できる楽しみが増えましたが、今日はこれくらいにしましょう」

そう言ってグラスを取られたかと思うと、そのまま抱き上げられてしまった。

「フィー兄さまっ」

「酔ったあなたが眠ってしまっては、火がついた私の身体は寂しくて泣いてしまうでしょうから」

「あ……」

この後のことを忘れていた沙良は、シルフィードの言葉に一瞬で顔が熱くなる。酒のせいだと誤魔化(ごまか)したいが、酔うほど飲んでいないことはシルフィードも知っているのだ。

ぎこちなく、それでもシルフィードの腕の中から逃れないまま、沙良は大きな寝台にそっと下ろされる。真上から覗いてくるシルフィードの端正な顔に、見慣れているはずの沙良はドキドキと胸が煩いほど高鳴り始めた。

しかし、最初に言っておかなければならないことがあるのだ。混乱していないうちにと、沙良は一生懸命シルフィードの目を見返しながら告げた。

「だ、旦那さま。どうか、末長く、可愛がってくださいませ」

「……」

「……フィー兄さま？」

何の反応も返ってこないことに不安になって名を呼べば、シルフィードが深い息をついた。

「これ以上私を嬉しがらせてどうするのですか」

「え？」

「もちろん、一生この腕の中から離すことはしません」

言うなり、降りてきた唇に自分のそれを塞がれる。何度も角度を変え、重ねられるくちづけの合間に息をしようと僅かに口を綻ばせると、いきなりその中に熱く柔らかなものが侵入してきた。

それがシルフィードの舌だと気づいた瞬間、驚いた沙良は反射的に歯を立ててしまい、その後すぐに謝った。

「ご、ごめんなさいっ、痛かったですか？」

「……心配なら、あなたから舐めて癒してくれますか？」

「わ、私が？」

舌で舐めることが癒しになるかなんてわからないが、それでも沙良は罪悪感を抱いたままおずおずと自身の舌を差し出してみる。すると、沙良の方からと言ったくせに、シルフィードがもう一度舌を絡めてきた。

ざらついた舌で口腔内をくすぐられ、縮こまろうとする舌を吸われた。

口の中にシルフィードの唾液が注ぎ込まれてしまい、どうしたらいいのかと飲み込めないまま唇の端から零れてしまうと指先で拭われ、それを目の前で舐め取られてしまった。その間も、息を継ぐのもままならない。

くちづけだけだというのに、沙良はもういっぱいいっぱいになって、ただシルフィードの夜着を強く摑むことしかできなかった。

散々沙良の唇を味わったシルフィードがようやく顔を上げてくれた時、目じりに涙が滲んだ沙良は恨めしげに目の前の顔を見てしまった。

「……酷いです、兄さま」

「どうしてですか？」

「私、死んでしまうかと思いました」

「死なせませんよ」

「あっ」

意味が違うと訴えようとしたのに、今度は伸びてきた指に帯を解（ほど）かれる。引き抜かれてしまうと夜着は呆気なく開かれてしまい、シルフィードの眼下に沙良の裸身が現れた。

下着をつけていないので、小さな胸も、恥丘の淡い下生えも、すべてが晒されてしまった。

ハッと隠そうと動かしかけた手は、シルフィードによって敷布に縫い付けられる。

「あ、あまり、見ないで……ください」

「こんなに綺麗な裸身なのに？」

「だって……っ」

もっと豊満な胸と、肉付きの良い腰をしていたのなら、少しは自信を持てたかもしれない。そうでなくても誰もが見惚れるような綺麗なシルフィードと並んだら絶対に見劣りをしてしまうのに、何も身につけていなければさらに貧弱な自分の身体が惨めに思えるだけだ。

しかし。

シルフィードは沙良の目元に、頬に、唇に、次々とくちづけを降らすと、視線を合わせてゆっくりと言葉を告げてくれた。

「私は、ずっと以前からあなたに恋し、あなたを欲しいと思ってきました。好いてもらおうと、欲を隠して甘えてくるあなたを見つめてきた。今回のことも、卑怯だと思いながら皓史殿のことを楯に、あなたに結婚を申し込んだのです」

「フィー兄さま……」

「幻滅しましたか？　でも私はどうしてもあなたを花嫁に迎えたかった。それほどあなたを愛しているのです」

自分の弱みを曝け出し、年下の沙良に愛を請うシルフィードを見つめているうちに、沙良の中の劣等感は不思議と薄れていった。

完璧な人など存在しない。相手の欠点や劣等感さえも抱きしめ、愛することが、一生を共にすることなのかもしれない。

それに。

「……兄さま、私の胸をいっぱい揉んでください。男の方に揉んでいただくと大きくなるって聞いたことがあります。そうしたら、私も少しは女らしい身体になれますからっ」

「……」

すると、なぜかシルフィードに声を上げて笑われた。真剣に訴えたのに何がおかしかったのだろうと思う間もなく、いきなり小さな胸を片手で包まれた。

「わかりました。毎夜こうして可愛がって、いずれは私の手から零れるほどの大きさにまでしてあげましょう」

「そ、それは……んっ」

小さいはずなのに、柔らかく揉まれただけでどうしてこんなにも感じてしまうのか。

「でも、私はこの胸の大きさも好きですよ。手の中に収まって、とても柔らかくて」

言いながら、今度は反対の胸に顔を寄せ、シルフィードはまだ小さいままの乳首を口に

含んでしまった。口腔に包まれ舌で弄られるとゾワッとした感覚と共に、まだ触れてもいない下肢がムズムズとしてくる。

もう沙良が抵抗しないとわかったのか、敷布に押さえこまれていた手は解放され、今度は身体の線を確かめるように彼の手が動かされた。

由里に身体を洗ってもらうのには慣れているはずなのに、シルフィードに触れられるとどうしてどこも気持ちが良くて、身体の中に熱が灯るのだろう。

「痛いですか？」

「い、痛く、ないですっ」

上がりそうな息を抑えてなんとかそう言うと、まるで褒めてくれるかのように髪を撫でられた。

「では、足を開いて貰えますか？」

「あ、足を？」

（で、でもっ）

ここで足を開けば、シルフィードの目に恥ずかしい場所を見られてしまう。

躊躇い、反対に両足を強く閉じた沙良に、シルフィードは困ったように言った。

「足を開いてくれなければ、私を受け入れてもらう準備をすることができませんよ？　なにもしなければとても痛いと思いますが……」

痛いと聞くと、抵抗はできなかった。

すべてをシルフィードに任せなければならないのだ、彼のしやすいように協力をすることが妻の役目だと何度も心の中で自身に言い聞かせながら、沙良は思い切って両足を開いた。自分なりに大きく開いたつもりだったが、それは僅かな隙間にしかならなかったようだ。だが、シルフィードは自ら行動した沙良を褒めてくれた。

「ありがとう」

「ひゃあっ」

だが、次の瞬間片方の腿を摑まれたかと思うと、ぐっと強く持ち上げられてしまう。すると、下肢がすべて露わになってしまった。

(は、恥ずかしい……っ)

覚悟を決めたといっても、羞恥がまったくなくなるわけではなく、沙良は無意識に足を閉じようと力が入る。しかし、押さえているシルフィードの力は驚くほどに強く、さらには開いた足の間に彼の身体が入り込んでしまい、結果的に手を離されても両足は開いた状態のまま固定されてしまった。

「フィー、兄さまっ」

「……夫となったのですから、兄さまではなく、フィーと呼んでもらいたいのですが」

こんな状態の時にそう言われても、すぐに頷くのは至難の業(わざ)だ。

「でも、あなたがそう呼んでくれるのは嬉しいので、徐々に慣れたらお願いしますね」

「に、兄さま、私っ」

「痛くないですから、私に任せてください」

そう言いながらシルフィードは寝台のどこかに手を伸ばし、いつの間にか小さな小瓶のようなものを手にしていた。

(それ……)

沙良が視線を向けているのがわかったのか、シルフィードは蓋を開け、とろりと粘ついた液を手のひらで受け止めながら説明をしてくれる。

「これは、あなたの中を柔らかくする香油です。本当は私の舌と指で慣らしたいのですが、初めての今夜はあまり痛みを感じさせたくはないので」

(慣らす?)

それが頭の中で行為と共に結びついたのは、冷やりとしたものが股の間にたらされ、そのもっと奥の性器に指先が触れた時だった。

「あ……あぁっ」

排泄の時以外、自分でも直接触れたことのないそこは、しっかりと閉ざされていて容易にシルフィードの指を受け入れない。それでも、シルフィードは香油の滑りを利用して何度も何度も表面を撫で擦り続ける。

最初の衝撃が過ぎた沙良は、身体の中に他人の指を受け入れるなんてとても考えられなくて、それでも、その相手が夫のシルフィードと思うとあからさまに拒否もできず、結局どうしても身体に力が入ってしまった。

「沙良姫」

懇願するように名前を呼ばれ、くちづけられる。

「ん……ふぅっ」

くちづけには慣れてきたが、下肢に感じる違和感はどうすることもできない。

すると、シルフィードはさらに香油を付け足し、今度は先ほどまでよりも強引に指を動かし始めた。

その感触に少し慣れてきたかと思った次の瞬間、不意に割れ目の中に指先が入り込んだ。

「い……っ」

「沙良姫、力を抜いてください」

（い、入れ、ないで……っ）

グニッと、身体の中心部分に指が侵入してくる。それがとてつもなく大きく感じてしまい、沙良はとうとう涙をこぼしてしまった。

「に、兄、さま……っ」

優しいシルフィードは、沙良が泣いた時はいつも慰めてくれる。今回も、そんなに怖がるのならと止めてくれるのではないかと期待してしまったが、今夜のシルフィードはとても意地悪だった。

「大丈夫、あなたの身体はちゃんと私を受け入れてくれていますよ」

その言葉が嘘か本当かはわからない。それでもシルフィードが沙良を騙すはずがない。

（で……もっ）

中で指が襞を擦り、その拍子に背筋に激しい衝撃が走る。

クチュクチュという音が香油のせいか、それとも沙良自身の愛液の音なのか判断がつかないまま、ぬるっともう一本の指が先のそれに沿わされて入ってきた。

苦しくて、開けたままの唇からは小刻みな呼吸が漏れる。身体の中がこのまま裂けてしまうのではないかとさえ思うほどだった。

「痛みますか？」

気遣わしげな声に、なんとか首を横に振る。

ここまできて、沙良は自分がシルフィードを受け入れるということを痛みを伴いながら実感していた。ただ単に、優しいシルフィードに抱きしめられるだけでは終わらない、生々しい性交。

しかし、お互いの身体を合わせ、体液を交えてこそ、ちゃんとした夫婦になったと言えるのだ。

痛くて、苦しくて、今後もこんな経験をするのかと思うと、少しだけ後悔しそうになるが、それでもシルフィードの手を離すという選択はない。

沙良の想いが伝わったのか、シルフィードが顔を寄せてくちづけをしてくれた。痛みを誤魔化すように自ら舌に吸いつけば、それ以上の勢いで口腔の中を侵されていく。

舌を絡め取られながら、身体の中の指も休まず沙良の内襞を押し広げる動きをしていた。

なんとか痛みは薄れ、圧迫感だけになってくる。

「……沙良姫」

名を呼ばれ、沙良は硬く閉じていた目を薄く開いた。

「痛いとは思いますが……」

「は……い」

「……」

「私を、ちゃんと、フィー兄さまのお嫁さん、に……っ」

「……ええ」

指が引き抜かれ、身体の中いっぱいだった圧迫感が一気になくなった。だが、間をおかず、熱くて硬いものが先ほど指が入っていた入口に押し当てられるのがわかる。

「力を、入れないでっ」

「ひゃぁっ、あ……っ！」

（な、なに……っ？）

今まで入っていた指とは比べ物にならないほどの巨大なものが、メリメリと沙良の身体を引き裂いていった。

「あ……あぁっ……あっ」

「沙良姫っ」

受け入れるつもりでいても、身体は無意識に逃げた。ずりあがろうと動く肩はがっしりと押さえつけられ、沙良の方からも反対に腰を押し付ける形になっていく。

指とはまるで違う熱い塊。その正体が知りたくて震える手を伸ばしてみると、濡れたものが指に触れた。

「こ……れ……」

「私ですよ」

言葉と共に沙良の手に大きな手が重なり、より強く押し当てられる。なんとか顔を上げて見てみると、夜着の前をはだけたシルフィードの腰が沙良の腰にとても近づいていて、その下肢から出た棒のようなものが自分の身体の中に入っていた。

それが何なのか、沙良はすぐにわからなかった。大人の男性の身体など見たことがなかったからだ。

しかし、幼いころに世話をした弟の身体が不意に頭の中に浮かんで、その下肢にあった可愛らしく小さな性器と同じ場所にあるその棒が成長した性器なのだと合点がいった時、本当に自分たちの身体が繋がっているのだと思い当たって瞬時に身体が熱くなった。

同時に、連動して沙良の内襞がシルフィードの性器を締めつけてしまったらしく、頭上の彼の口から低く呻く声が聞こえる。

「……っ」

「あっ……んぁっ」

(兄、さま、もっ)

整ったシルフィードの額には汗が浮かび、痛みを耐えるように眉間に皺が寄せられていた。受け入れている自分と同じように彼も痛みを感じているのだと思うと、なんだか妙に嬉しかった。

まだ、身体は離れている。ぴったりとくっつきたくて、沙良はその名を呼んだ。

「フィー、兄さまっ」

「……沙良っ」

次の瞬間両手で痛いほど腰を摑まれたかと思うと、ぐっと腰が押し込まれる。すると、ぶちっと何かが破れる衝撃に襲われ、信じられないほど奥に一気に灼熱の塊が押し入ってきた。

どうやら沙良が考えていた以上にシルフィードの性器は大きかったらしく、先ほどまではまだほんの序盤だったのだということを悟った。

予期しない事態に沙良は恐慌に襲われたが、根元まで性器で貫かれた状態ではどうすることもできない。身体の半分以上が切り裂かれたような痛みと猛烈な圧迫感に恐れおののきながら、それでも助けを求めるのはただ一人だと、シルフィードの背にしがみついた。

「沙良姫っ」

「……はっ、はっ」

「沙良姫……愛しています……っ」

愛の言葉と共に、ゆっくりと性器が引き抜かれていくのがわかる。ぞわっとした感覚に耐えると、今度は先ほどよりもゆっくりと襞を押し広げるように中に押し入ってくる。

　それを何度も繰り返されていくうちに、沙良の痛みは麻痺していった。

「あっ、あぅっ」

（い、痛い、のにっ）

　すると、少しだが別の感覚も生まれた気がする。

「ひ……あっ」

（身体、がっ）

　擦り合う部分の熱のせいか、それとも――いや、もう何も考えられない。

　沙良がしがみついて動きにくいだろうに、シルフィードはどんどん腰の動きを速めていく。

「沙良姫……っ」

「に、兄、さまっ」

　そして、

「！」

「……っ」

　身体の奥深くに、熱いものが迸ったのがわかった瞬間、沙良の意識はそこで途切れてしまった。

# 第四章

シルフィードが目を覚ました時、沙良はまだ深い眠りの中だった。それも無理もない、初めての性交で心身ともに疲れきっているのだろう。

「……沙良」

小さく名前を呟き、頬に掛かった髪をかきあげてやる。すると沙良は、ますます身体を丸くしてシルフィードの胸の中に寄り添ってきた。

シルフィードを信頼し、気持ちを寄せてくれるからこそ、こんなふうに無防備な表情を見せてくれる。こんな日が来ることを望み、そうなるべくして動いてきたはずなのに、実際沙良を腕に抱くと信じられない思いの方が強かった。

しかし、これは現実だ。この腕の中の大切な存在を守るために、より一層幸せにするために、これからもシルフィードは力を蓄え、このガーディアル王国を大きくしていかなければならない。

(私の手を取ったことを、絶対に後悔などさせない)

こうしていつまでも沙良の側にいたいが、シルフィードにはやらなくてはならないことがある。

シルフィードは起きあがった。

この寝台は沙良の部屋のものだ。シルフィードの部屋のものはお互いの体液や香油で汚れてしまったので、沙良の身体を綺麗にしてやった後にこちらに運んだ。

半月間とはいえ、慣れた寝台で沙良はもう少し安らかに眠り続けるだろう。

乱暴に床に脱ぎ捨ててあった夜着をはおったシルフィードは、扉続きの自身の部屋に戻る。既に何事もなく片付けられた寝台に視線をやることもなく着換えると、そのまま部屋を出て政務室に向かった。

披露宴の最中でも、国内外の問題は止まってはくれない。急ぎの案件には素早く目を走らせて対応策を伝えると、続いて披露宴が続く大広間へと向かった。

「おお、レイガル王っ」

「どうぞ一杯！」

昨夜よりも半数ほど人数が減っていたが、酒宴は途切れることなく続いている。

三日間宿泊する部屋を用意しているので、皆勝手に休んでいるのだろう。

入れ替わり立ち替わり、大広間の中の人の波が動いている様子を見ながら、シルフィードは差し出されたグラスを受け取って注がれた酒を一気にあおった。

「これは、頼もしい」

「飛鳥族と縁も繋がり、ガーディアル王国の今後は明るいですなあ」

「……飛鳥族の力を借りずとも、私の代でさらに国を大きくするつもりですよ」

僅かに口角を上げて答えたシルフィードに、周りを取り囲んだ者たちは一様に言葉をのみこんでいる。此処にいる者は皆、シルフィードが端正な容貌とは裏腹の苛烈な性格をしているのを知っていた。だからこそ、その言葉がただの虚言ではないとわかり、今後己の国にどういった影響があるのかと戦々恐々しているのだろう。

シルフィードはそんな空気にもなにも思わず、辺りに視線を向ける。まだ朝早い時間のせいか、族長や理沙の姿は見えない。

(……あれもいないな)

ラドクリフの姿がないことが少し気になり、シルフィードは側を通りかかった召使いを呼びとめた。

「兄上はどうした？」

突然の問いに驚いた召使いは、焦ってその場に跪く。

「は、はい、ラドクリフさまは先ほど御退出されましたっ」

「先ほど？」

中途半端な時間に、シルフィードは少し引っ掛かるものを感じ、さらに言葉を続ける。

「一人で？」

「い、いいえ、沙良さまの、姉上さまとご一緒に」

それを聞いた瞬間、シルフィードの表情が凍った。目の前の召使いは息をのみ、額を床に擦りつけたまま顔を上げない。

ラドクリフと、理沙。一人一人は道の小石にも劣るような存在だが、それが集まると歩きにくい砂利（じゃり）になる。

特にこの二人は嫌な組合わせだ。

シルフィードは祝辞を述べにくる相手に簡単に挨拶を返した後、二人がどこにいるのかを考えた。シルフィードが王座に就いてから、それまで我が物顔に宮殿の中で君臨していたラドクリフは行き場がなくなり、今はほぼ自室か仕事場にだけ通う日々のはずだ。

ただ、そんな男が時折、ほとんど人影のない北の裏庭に現れるというのは聞いていた。今は披露宴で宮殿内の召使いや衛兵たちはほとんどが掛かりきりになっていて、そこかしこに死角はある。

シルフィードはそのまま北の裏庭に向かい、予想通りの姿をそこに見つけた。

「では、本来ならあなたがシルフィードの妃になったと？」

「ええ」

思いがけない会話が聞こえ、踏み出しかけたシルフィードは足を止める。

「私は族長の長子で、将来は飛鳥の民を背負うことになっていました。ですが、数年前に弟が生まれて、父は弟に後を継がせることにしたと言ったのです。ただ、弟は身体が弱く、万が一のことを考えて父は私を飛鳥の地から出さないことに」

「そんな時、シルフィードが第二姫に結婚を申し入れたということですか」

「援助のためには、父はその申し入れを受けざるを得なかったのです。そのおかげで、弟の病状が持ち直したのはいいのですが、今度は私の立場が危うくなって……」

悲しげに顔を歪めて訴える理沙の姿は、何も知らなければ同情を覚えるほどの名演技だ。しかし、シルフィードは理沙が次期族長に決まっている弟を疎んでいた姿を見ているし、今まで結婚していないのは己の我儘のせいだ。

知り合った当初はまったくシルフィードのことを無視し、ここ一、二年で熱心に迫ってきた理沙の本心は、このガーディアル王国の国王妃の座に就き、思うがままの贅沢をしたいということに尽きるはずだ。

そんな女と、純粋にシルフィードのことを考えてくれる沙良とは、初めから同じ立場にはない。

「貴方さまも御長子なのに、なぜ王になられなかったのです？」

「……シルフィードの策略に乗ったからですよ」

「策略？」

これ以上二人に会話をさせてもいいことはない。

シルフィードは姿を現した。人の気配に気づいた二人が振り向き、同時に驚いたような表情をしたのには笑える。

「このようなところで何をなさっているのですか？」

「シルフィード……っ」

「理沙殿、妙齢の女性が男と二人、このような場所で共にいる姿を見られると誤解されますよ」

「わ、私はそんな……っ」

「披露宴でお疲れでしたら、部屋に戻ってお休みになってください」

「……失礼します」

　この場に残っても得がないと思ったのか、理沙はそそくさとその場から立ち去った。シルフィードはその姿を見送ることなく、ラドクリフと向き合う。

「兄上」

「ただ、ここで話していただけだ」

「別に、私の悪口を言っていたなどとは思いませんよ」

「……」

「言われたところで、私には何の傷もつかない」

　ここではラドクリフは敗者だ。敗者の嘯きに耳を傾けるような馬鹿な輩はシルフィードの側近にはいないし、そんな者たちを一々気に掛ける時間さえもったいない。

「ただ、誤解されるようなことはなさらぬ方がいい。いつどこに、密告者がいるとも限りませんので」

　一応釘をさすように言うと、苦々しく顔を歪めたラドクリフが大股に立ち去った。

　後二日、披露宴は続く。その間飛鳥の族長と理沙も滞在するが、再びラドクリフが接触する可能性もなくはない。

ラドクリフにもそうだが、理沙にも見張りを付けた方がいいかもしれないと、シルフィードはハロルドの姿を探した。

◇◇◇◇

「大丈夫？」

「……うん」

顔を上げて答えるものの、沙良は寝台から起きあがることができない。正直、こんなにも大きな痛手を負うとは思いもよらなかった。

（性交が、あんなにも大変なものなんて……）

別々の意思を持つ身体を一つにする行為。大人の男の性器を、自分の、あんなにも狭い場所に入れることができるなんて、今さらながら本当に凄いことをしたのだという実感が湧いていた。

ただ、目覚めた時に隣にシルフィードがいなかったことはとても寂しくて、まだ温もりが残る敷布を抱きしめたのは内緒だ。

ガーディアル王国の国王である彼は、披露宴の間にも各国の参列者を相手にしたりしてとても忙しいのだろう。自分の側でだけ過ごすことなどできないと理解できるし、昨日国王妃となった自分が我慢をするのは当然だ。

それでも……と、頭の中でぐるぐる考えていた時に由里がやってきた。

由里は沙良の様子に目を丸くした後、気恥ずかしげに笑いかけてきた。何があったのか、知っているのだからしかたがない。

「おはよう」

「お、おはよ……」

沙良も、顔が真っ赤になっているのを自覚しながら由里の手を借りて最小限の身支度を整えたものの、椅子に座っているのもつらいので、結局また寝台に横になってしまった。

「あんなに丈夫な沙良がへばるなんて、相当レイガル王に可愛がられたのねぇ」

「ゆ、由里っ」

「あら、違う？」

違わないが、そんなふうにあからさまに言われるのはとても困る。

「……優しくしていただいた？」

「……」

これは、由里が単なる好奇心ではなく、本当に沙良のことを心配してくれているから聞いてくれているのだ。それがわかる沙良だが、さすがに頷くのが精一杯だった。

「そう……よかったわね」

「……」

「今日は一日ゆっくりしているといいわ。ハロルドさまも、今日は披露宴に顔を出さなくてもいいとおっしゃっておられたし」

「フィー兄さまは？」

こんな身体の調子では確かに出歩くことはできないが、そうなるとシルフィードだけに負担を強いるのではないかと心配になる。

しかし、由里は別のことで目くじらをたてた。

「違うでしょう」

「え？」

何を言われているのかわからなくて首を傾げると、由里は呆れたように大きな溜め息をつく。

「もう結婚したのだから、《シルフィードさま》か、《フィー》と呼ぶのが本当じゃない？」

「あ……」

それは、シルフィードにも言われた気がする。

嵐のような性交の最中、確か、兄呼ばわりはおかしいと言われて――。

(でも、呼び方なんてすぐには変えられないし……っ)

結婚はしたものの、沙良の中では良き兄のような存在として接してきたシルフィードの方がまだ大きいのだ。

もちろん、いずれはちゃんと呼びたいとは思うが、昨日の今日で意識を綺麗に切り替えるのは無理だと諦めている。

「父さまや姉さまとも、たくさん話がしたかったんだけど……」

「族長は披露宴の期間だけ滞在されるのよね？」

「皓史のことが心配だと言っていたから」

　頻繁に交わしている書簡では、皓史の体調は安定していてほぼ心配はないだろうとのことだった。幼いころから遊びも制限されていた弟が、これから元気に飛鳥の地を走り回ることができたらいいと心から願う。

　できれば、その時に自分も側にいたいが、今となっては自由に動くことは叶わない身になってしまった。優しいシルフィードはちゃんと頼めば、里に帰ることを多分許してはくれるだろうが。

「何か食べられる？」

「……果物がいいんだけど」

「わかったわ。今から厨房に行って……」

　由里が話している途中で扉が叩かれた。急いで向かう由里が手を伸ばす前に、扉は廊下から開けられる。

　沙良の入室の許可など必要なく、唯一自由に出入りできる存在。昨日夫となったばかりのシルフィードが、両手に果物の入った籠を持って入ってきた。

「フィー兄さま」

「目覚めましたか」

優しくそう言って沙良を見つめた後、シルフィードは手に持った籠を由里に手渡す。

「……すごい偶然」

由里はそう呟き、沙良を振り返って楽しげに笑いかけてきた。

「たった今、何を食べられるかを尋ねて、果物と言われたんです」

「由里っ」

「だって、あまりにも息が合っていたから」

「夫婦ですからね」

シルフィードは由里の言葉を咎めることもなくそう言い、寝台に横たわっている沙良のもとにやってきた。そして、端に腰を下ろすと、手を伸ばしてそっと頬に触れてくる。

「大丈夫ですか？」

『何が』なんて言われなくても、その当事者同士の二人なので嫌でもわかる。沙良はどうしようもなく恥ずかしかったが、この体勢では逃げることも叶わなかった。

シルフィードの指は頬から唇を撫で、そこから顎、首筋へと移動する。ただ触れられているだけなのに昨夜の熱がまだ消えきっていないのか、ぴくぴくと身体が震えそうになるのを耐えるのが大変だ。

目の端には、にんまりと笑いながら由里が退出するのが見えた。

（お、置いて行くの～？）

シルフィードと一緒にいることが嫌なわけではないが、一人きりにされると心細い。

「沙良姫」

それなのに、こうして名前を呼ばれると嬉しく思う気持ちもまた、本当だった。

「昨夜は無理をさせてしまいましたね」

「そ、そんなことっ……ありません」

「怒っていない？」

心配そうに聞くシルフィードに、沙良は慌てて頷く。

初めての性交は驚くことばかりだったし、痛かったし、恥ずかしかったが、だからと言ってシルフィードに対して怒りを向けるなんて考えはまったくなかった。もしも、昨夜何もしなかったとしても、いずれは通る道だった。

「……嫌いだと言われなくてよかった」

シルフィードは安堵の微笑みと共にそう言って、沙良の頬に唇を寄せる。

「フィー兄さま、そんなことを心配していらしたの？」

「私にとって一番大切なのはあなたの気持ちですから。沙良姫が昨夜のような行為は嫌だと言えば、許してくれるまで我慢するつもりでした」

我慢と真剣に言うシルフィードがおかしくて、沙良は思わず笑ってしまった。すると、力が入ったせいで下肢が少し痛くて顔を顰（しか）めてしまったが、この痛みも時間が経てば収まると思えば我慢できる。

それよりも、沙良は気になっていたことをシルフィードに尋ねてみた。

「兄さまこそ……がっかりされませんでした？」

「私が？」

「本来は、私の方から奉仕をしなければならなかったのに、何もわからなくて、すべて兄さまにしていただいて……」

母からも、夫になる相手に誠心誠意尽くすようにと言われていた。性交の中身を知らなくてシルフィードに任す形にはなったが、それでも途中で教えてもらいながら自分からもシルフィードに奉仕するべきだったと後悔していたのだ。

しかし、どうやら沙良の言葉はシルフィードには意外なものだったらしく、驚いた表情を浮かべて見下ろされた。

「そんなことを考えていたのですか？」

「はい」

「沙良姫、確かにあなたに奉仕をされたら、天にも昇るほどの心地良さを感じるでしょう。ですが、私はあなたを可愛がりたいのです。愛おしいあなたを私の手で快感に導くことが嬉しいのですよ」

「に、兄さま」

「私たちは昨日婚儀を挙げたばかり。長い夫婦生活はこれからなので、お互い何でも話し合って決めていきましょう」

シルフィードの言う通りだ。一方的に尽くすのと、お互いが想いやって関係を築くのとどちらが良いかと言われたら、当然ながら後者だ。

性交に関してはシルフィードに聞かなければわからないことばかりで彼の負担を大きくさせてしまうが、この先の長い関係を考えたらそれも僅かな期間かもしれない。

（それに、恥ずかしいのは変わらないのだし……）

奉仕すると言っても、その前に羞恥心を克服する方が先決のようだ。

「そういえば、果物が食べたいと言われたのですよね？　どれにしますか？」

シルフィードは立ちあがり、卓に置いてあった果物入りの籠を持ってきてくれる。色鮮やかで瑞々しい果物の中には見たことがないものも多く、沙良はシルフィードを見上げて言った。

「フィー兄さまはどれがお好きですか？」

「私は……これかな」

教えてもらったのは、濃い橙色の大きな楕円形の実。沙良の片手いっぱいの大きさはありそうだ。

「とても甘くて美味しいですよ」

シルフィードはそう言いながら手早くナイフで皮を剝き、あっという間に一口大に切り分けてくれる。

「はい」

そのまま口元に差し出され、沙良は反射的に口を開いてしまった。

「……む」

「どうですか？」

「おひひいれす」

口の中に残ったままだったので変な答えになってしまったが、シルフィードは笑って良かったと頷き、今度は自分もそれを口にする。

「……本当に、甘くて美味しい」

一つの実を二人で分けているのが嬉しい。

「もっと食べますか？」

「はい」

シルフィードにこんなことをさせるのが申し訳ない一方、もう少し甘えていたくて、沙良はこくんと頷いた。

◆◆◆◆

心配した沙良の体調は、初夜の翌日丸一日安静にさせたらかなり良くなった。

薬を付けるという怪我でもないし、若い身体は時間で回復をするらしい。

結局、披露宴の最終三日目に、沙良とそろって婚儀の列席者にもう一度謝意を示して、

無事行事は終了した。

次々に帰路につく列席者は臣下に任せておけばいいと思ったが、沙良はきちんと見送りはしたいとそのたびに律義に正門まで出ていく。そうすると、沙良を一人にしたくないシルフィードも同行することになり、結局国王夫妻の見送りとして、列席者は気分良く帰って行った。

「理沙殿が？」

そんな中、シルフィードは飛鳥の族長から意外な申し出を受けた。

「御迷惑なのは承知ですが、あれがぜひともと強く主張して……」

族長は明日帰路につく予定だったが、あろうことか理沙がもう少しここに滞在したいと言っているらしい。

常識人の族長は最初諌めたようだが、今まで飛鳥の地から出たことがない理沙はこの機会にこのまま自身の自由に生きようとするかもしれない。関係のないところで何をどう思おうが構わないが、沙良にとって負の存在にしかなりえない相手をこのままこの地に留めるつもりは毛頭なかった。

しかし。

「フィー兄さまっ、姉さまがもうしばらく滞在してくださるって！」

沙良に内密に事を進めようとしたのに、いつの間にか理沙は沙良本人に長期滞在を打診していた。理沙に対して親愛の情を持っている沙良は喜び、それをそのままシルフィードに告げに来たのだ。

　こうなってしまうと、面白くはないが理沙の滞在を認めないわけにはいかなくなった。ただし、もしも不穏な動きをしたら、今度は有無を言わせずに飛鳥の地へ送り返すことにする。

「申し訳ない」

　頭を下げる族長に、なぜ娘に強く言えないのかと問い詰めそうになるのをなんとか堪(こら)えて、シルフィードは隣に立つ沙良にしっかりと腕を回した。

「沙良姫の姉上ですから、しばらくの滞在は許可いたします。ですが、未婚の女性が長い間親元を離れるのはあまり良いことではありませんから、存分に我が国を楽しまれた後間違いなく送り届けるようにいたします」

「よろしくお願いします」

「父さま……」

　これが今生の別れというわけではないのに、沙良は既に目にいっぱいの涙をためて族長を見つめている。族長も、沙良に優しい笑みを向けた。

「しっかりと、レイガル王にお仕えするように」

「は……い」

　動き出す馬の姿を、沙良は見えなくなるまでずっと目で追っていた。シルフィードもその間側にいて、沙良の悲しみの感情が深くならないようにしっかりと肩を抱きしめていた。

やがて、彼方に馬の姿が見えなくなり、シルフィードは沙良の顔を覗き込む。一筋の涙が頬を伝っているのを見て、宥めるように唇を寄せた。

「泣かないでください、沙良姫。あなたが悲しむと、私までつらくなる」

「ご、ごめんなさい」

「謝ることはありません。ですが、あなたの側にはこれからいつでも私がいることを忘れないでください」

両親よりも深い愛を注いでいるのは己だという自負のあるシルフィードの言葉には力強さがあり、沙良も少しだけ笑みを浮かべてくれる。

「……はい」

連れだって宮殿の中に戻ろうとしたシルフィードは、不意に行く手に現れた人影に足を止めた。

そこにいたのは理沙で、彼女も同じように族長の見送りに来ていたのだ。すっかりその存在を忘れていたシルフィードは、僅かに眉を上げて理沙を見下ろした。

「どうされましたか？」

「私の滞在をお許しいただいて、本当にありがとうございます」

艶やかに笑みながら言う理沙に、父と別れた寂しい様子は少しも見受けられない。今の理沙にとっては父よりもシルフィードに媚を売る方が大切なのかと思うと、呆れる前に哀(あわ)れにも見えた。

「気のすむまま滞在されるがいい。お帰りの際は、しっかりと護衛をつけさせて頂きますので」

既に帰国のことを口にしたが、その中に含まれる嫌味にはまったく気づく様子もなく、理沙はさらに大胆なことを申し出てきた。

「シルフィードさま、滞在中私に町を案内していただけませんか？　このガーディアル王国のことを少しでもたくさん知っておきたいのです」

「……」

（……お前が？）

国王妃の姉と言うだけで、理沙はガーディアル王国にまったく関係のない立場だ。それを、まるで自身が王妃かのように振る舞うその考えが醜い。

シルフィードは沙良を見下ろす。沙良も姉の突然の言葉に戸惑った様子を見せていた。

「シルフィードさま」

「……理沙殿、私は婚儀を挙げたばかりの新婚の身。愛しい妻から一時でも離れていたくないのです。あなたを案内する時間があれば、まず沙良姫と共にいる。妻の姉君ならばおわかりいただけますね？」

極力遠まわしに言ったつもりだったが、理沙には十分侮辱的な言葉に受け取れたようで、顔を真っ赤にしながら踵（きびす）を返した。

「ね、姉さまっ」

そのすぐ後を追おうとした沙良の腕を、シルフィードは強く摑む。振り払われることはなかったが、どうしてという非難の眼差しは受けた。

「理沙殿は私の気持ちをわかってくださったのですよ」

「で、でも」

「新婚の二人の邪魔をするような無粋な真似など、あなたの姉上がなさるはずもないでしょう」

重ねて言うと、沙良は戸惑いながらも頷いてくれた。

実の姉妹なので理沙の感情の機微に詳しいのは沙良の方だろうが、人に対して負の感情を持たないせいか極力それを良い方に取ろうとする。

それは沙良の美徳ではあるが、人間の醜さや強欲さ、血縁など関係ない愚かなほど性悪な姿を見てきたシルフィードは、本当の善人などごく僅かしか……いや、ほとんど皆無だと思っている。

その点でいえば、沙良や族長など、今飛鳥の地にいる人々は希少な一族だ。

(あの女がその中にいないのは、沙良にとっては残念なことかもしれないが)

本人がどれくらいの間滞在するつもりかはわからないが、極力沙良と接触させないようにするつもりだし、手を回して帰国を急かせることも考えている。

ようやく沙良と共に宮殿内に戻ったシルフィードは、こちらを見ているハロルドに気づいた。険しい表情の中に緊急性を読み取り、シルフィードは優しく沙良に告げる。

「沙良姫、私は少し政務室に向かわねばなりませんので、後で昼をご一緒しませんか？」

政務と聞いて、沙良は即座に首を横に振った。

「お忙しいのでしたら無理をされないでください」

王妃としては素晴らしい心構えだが、新婚の花嫁としては少々さびしい答えだ。

「私があなたと一緒にいたいのですよ」

「フィー兄さま」

「よろしいですね？」

「……はい。お仕事、頑張ってくださいね」

「ありがとうございます」

快い言葉で送り出してもらい、シルフィードは足早に政務室に向かう。その後ろを追ってきたハロルドは、部屋に着くなり扉を閉め、鍵を掛けてからシルフィードに向き直った。

ここまでするのは、いったい何があったのか。

「クレアさまがお亡くなりになりました」

「……」

さすがに予期していなかったことに、シルフィードは拳を握りしめる。

「……いつ」

「今朝未明、ダルバードさまのお屋敷で。心臓発作によるものだと」

「……」

それは、ラドクリフの母親だ。隣国の王女だった彼女は強引に父であるガーディアル王国の前王に見染められてこの国にやってきた。

本来なら国王妃になるはずを、好色な父は正妃を決めず、次から次へと新しい女を囲っていったので、矜持の高い彼女は燃えたぎる嫉妬と憤懣を抱えていた。それが、父が病に倒れたことで暴走し、結果、己の息子であるラドクリフは王座を手に入れることができなくなった。

ラドクリフと共に宮殿内に軟禁状態にしていたが、まだ四十を幾つか過ぎたばかりの女盛りの彼女はおとなしく喪に服すこともなく、宮殿内を訪れる貴族を誑し込んでいた。色と欲に狂った女のことなど放っておいたが――その愛人宅で人生を閉ざすとは、何という愚かな女か。

いや、父にさえ見染められずにいれば、王女として輝かしい人生を送っていたはずなので、ある意味不幸な女かもしれない。

「……兄上には？」

「この後お知らせに参ります。ますは、王にと」

「……」

「いかがなされますか」

わざわざシルフィードが赴いて訃報を告げ、その嘆き悲しむさまを見て笑おうなどという趣味の悪いことは考えない、ただ、ある意味ラドクリフにとって心の拠り所であった母親が亡くなってしまったことは重要な意味を持つようにも思う。

(自棄を起こす可能性もある)

それがシルフィードに向けられるのなら払い退ける手段もあるが、沙良に照準を合わせられると厄介だ。

(……考えてもしかたない)

ラドクリフが馬鹿な行動をとるか、それとも意気消沈して気力を萎えさせるか。本人でないシルフィードがわかるはずもない。ただ、沙良にだけは手を出させないよう、打てる手は打っておくだけだ。

「クレア殿の葬儀は、準国葬の手配をしろ。仮にも、第一王子の生母で、隣国の王女だった方だからな」

「はい」

「ラドクリフの身辺にはさらに注意をはらえ。国外退去させた異母兄弟たちと連絡をとるかどうかも確認しろ」

「わかりました」

ハロルドは頭を下げると、そのまま部屋を辞した。男の有能さはわかっているので、今シルフィードが命じたことは寸分違わず実行されるだろう。

部屋に一人残ったシルフィードは小さく呟いた。

「……死んだか」

『下賤の腹の息子が国王だなんて！　近い将来、絶対この国は滅ぶわ！』

シルフィードが次期国王として指名された時、彼女は憎しみを込めた声でそう叫んだ。

気位が高く、傲慢な性格だった。若いころはその奔放さを父も楽しんだようだが、晩年はその性格でもって墓穴を掘った。

この先惨めに生きるよりは、ここで人生を閉じるほうが彼女にとって幸せかもしれない。

そう思いながら、シルフィードは口元に薄い笑みを浮かべた。

# 第五章

シルフィードに兄弟がいたことを聞いた時も驚いたが、その兄弟の母が皆違うと聞いてもっと驚いてしまった。

さらには、その中の一人、ラドクリフの母が自分たちの披露宴の最中に亡くなってしまったなんて。

「婚儀を挙げたばかりのあなたに、葬儀に参列をしてもらうのは申し訳ないのですが……」

「そんなこと言わないでくださいっ。兄さまのご兄弟は、私にとっても大切な肉親になるんですものっ」

悲しげに目を伏せるシルフィードを抱きしめながら、沙良は自分の方こそ泣きたくなってしまった。しかし、悲しいのはシルフィードの方なのだ。こういう時こそ自分が踏ん張らなければと誓う。

だが、何をしたらいいのか。

葬儀にも各国のしきたりがあるかもしれないが、それを今シルフィードに尋ねるのは可哀想だ。

考えた沙良は、ハロルドのもとに向かった。

「ハロルドさま」

彼はシルフィードの側近で、仕事のことも一番わかっている人だ。政務も彼が取り仕切っているという話も聞いていたし、ハロルドならば沙良にでもできることを教えてくれるのではないかと思った。

いつもつかず離れずシルフィードに寄り添っているハロルドの印象は、実を言うとかなり薄いものだ。シルフィードが一緒にいる時はいつも彼を見ていたし、シルフィードがいない時は彼も沙良の側にはいないので、もしかしたら直接話をするのも初めてかもしれない。

細身で、シルフィードよりは少し低い身長に、栗毛の長髪は後ろでひとつに括っていた。眼鏡の奥の切れ長の目は常に笑っていなくて、沙良に対していつも優しい微笑みを向けてくれるシルフィードとはまるで違う。

その眼差しはどこか冷たかったが、不思議と沙良は彼を怖いと思ったことはなかった。多分、どんなに冷たくても自分に対する敵意は感じないからだ。

「沙良さま」

シルフィードの執務室の隣の部屋にいた彼はすぐに立ち上がり、沙良の前にやってくると胸元に片手を当てて礼の形をとった。

「いかがなされました？」

「あ、あの、ハロルドさまにお聞きしたいことがあって……」

「その前に、私のことは呼び捨てでお願い致します。あなたに《様》などと呼ばれたことを王に知られましたら逆鱗（げきりん）に触れますので」

「フィー兄さまが？」

シルフィードの怒った姿など見たことがない沙良は、ハロルドの言葉にすぐに納得することはできなかった。ハロルドに《様》という敬称を付けて呼んだくらいで、あの温厚なシルフィードが怒るなんて考えられない。

そんな沙良の表情を見て、ハロルドは切れ長の目を細めた。

「お疑いですか？」

「す、すみません、でも……」

「……沙良さま、あなたがご存じの王と、私たちの前での王はまったく別人と言ってもいいでしょう。あなたに見せる顔はあなたにしか見せないとご自覚ください」

「え……」

突然のハロルドの言葉に、沙良は戸惑うしかなかった。

もちろん、王たるものがいつもにこにこしていては示しがつかないかもしれないが、それでもまったく別人のようだと言い切るほど違うとは思えないのだ。

しかし、ハロルドが沙良を驚かせるために口から出まかせを言っているようにはとても見えない。

　そんな沙良に、ハロルドは表情を変えないまま続けた。

「私がこういうことをあなたにお伝えしても、王の逆鱗に触れることはないでしょう。あなたに執着なされているあの方は、できうる限り何人もあなたに近づけさせないようになさっていますし、今の言葉であなたが私に不信感を抱けばそれこそ、良くやったとお褒めくださるかもしれません」

「ハロルドさ……ハロルド」

「それで、私にご用とは何事でしょうか」

　淡々と告げるハロルドは、今自分がどんなに不可解なことを言ったのかわからないようだ。

　ハロルドの今の言葉には、シルフィードに対する距離があるように感じられた。自身が仕える王に向かってそのようなことを言うなんて、まるでシルフィードが冷たい人間だとでも言っているようにしか聞こえなかった。

　沙良に向かって柔らかく微笑みかけてくれる彼が、他の人にはまったくそんな姿を見せないなんてどうしても信じられない。現に、飛鳥の地ではシルフィードは皆に慕われていた。弟だって、本当に兄のように懐いていたと思う。

　だが、反論しようと思っても、ハロルドの態度にはそれを受け入れようとする柔らかさはまったく見えなかった。この問題にはもっと時間を割いた方がいいかもしれないと思った沙良は、まずは迫る葬儀について尋ねた。

「お身内を亡くされたフィー兄さまのために、私もできることはお手伝いしたいと思っています。でも、何をしたらいいのかわからなくて……。ハロルドにそれを教えていただきたいのです」

　すると、ハロルドはすぐにいいえと首を横に振る。

「沙良さまには葬儀に御参列いただくだけで結構です」

「で、でもっ」

「クレアさまはそもそも前王の正妃ではなく、数多くいらっしゃった妾妃のお一人に過ぎません。ですが、第一王子のラドクリフさまの母上ということで、今回は準国葬にすると王がお決めになられたのです」

　ハロルドの口ぶりでは、どうやらシルフィードと亡くなったラドクリフの母の間はあまりうまくいっていなかったように聞こえた。父親に自身の母親以外の妻がいることは複雑な思いを抱えざるをえないかもしれない。

　それでも、悲しみを感じるかどうかはまた別の話だ。王であるシルフィードはきっと、それを人に見せないようにしているのではないか。

「……わかりました」

「ご承知いただけましたか」

「私は何もできないかもしれませんが、フィー兄さまを支えることができるように頑張ります。ですからハロルドも、どうか兄さまを助けてくださいね」

「……」

ハロルドの手を摑んでそう言いきった沙良に、それまでの冷静な表情が崩れて驚いたような様子を見せた彼は、すぐに焦って手を離した。

「それが、私の務めですから」

「はい」

務めでもいい。その中にはきっと、シルフィードへの敬愛の思いも詰まっているはずだ。

「お忙しいところを引きとめてしまってすみません」

一礼し、沙良は部屋から出た。

もう少ししたら、商人がやってくる時間だ。嫁いだ早々に葬儀があるということはまったく考えていなかったし、もともと縁起が悪いということで沙良は喪服を持ってきていなかった。それは今滞在している姉も同様で、そんな沙良たちのためにシルフィードが手配をしてくれたのだ。

「……でも、人が亡くなったというのに服を選ぶなんて……」

婚儀や披露宴でも正式に紹介されていないため、沙良はラドクリフの母の名前はもちろん、顔さえもわからない。それでも、亡くなったという事実を厳粛に受け止め、冥福を祈るために、その方をどういう思いで見送るかを考えた。

その合間には、姉の理沙にも今回の葬儀に出てくれるよう頼む。理沙にとっては直接関係のない方だが、シルフィードの好意によって滞在している時の不幸には冥福を祈ってもらえると考えた。

しかし。

「嫌よ」

「姉さま」

「どうして私がそんなものに出なくてはいけないの？　その方、王妃ではなかったんでしょう？　単なる妾妃の葬儀に出るつもりはまったくないわ」

はっきりと言い切られてしまい、沙良もそれ以上強く頼むことはできなかった。

シルフィードに対しては申し訳なく思ったが、彼に告げれば元々理沙の参列は考えていなかったと苦笑交じりに言われた。

「私のことを考えてくださって、本当にありがとうございます」

かえってそんなふうに感謝をされていたたまれない思いになる。だからこそ、シルフィードに恥をかかさないよう、王妃として立派に勤めようと決意した。

めでたい婚儀が終わった後の葬儀は突然のことで慌ただしく準備をされたようだが、それでも沙良の目には立派で荘厳なものに見えた。

慣れない喪服を着た沙良を見る者たちの視線には、新婚早々ケチがついたなと哀れみがこもったものもあったが、初めて王妃として表舞台に立つという緊張感の方が大きくて他のことなど気にしている余裕はなかった。

「由里、おかしくない？」

「はい」

喪服はもちろんガーディアル王国のものなので着方もわからなかったが、由里が率先して他の召使いたちに聞いてくれながらちゃんと支度を整えてくれた。何もしていないことを申し訳なく思いながら葬儀が行われる敷地内にある斎場に向かうと、そこには既にラドクリフがいた。

(周りにいる方々が、フィー兄さまのご兄妹方？)

ラドクリフの周りには、沙良よりも少し年上に見える女性が四人と、男性が一人集まっていた。一見して着ている喪服は皆違っていたが、その容貌には似通ったものがあるように見えたのだ。

「……私の兄妹たちですよ」

「……っ」

突然背後から声を掛けられてしまい、沙良は大きく肩を揺らして慌てて振り向く。そこには沙良同様ガーディアル王国の喪服に身を包んだシルフィードが立っていた。

「兄さまのご兄妹方……」

「私の婚儀には出席せずとも、兄上の母親の葬儀には出る……そのくらいの付き合いですが」

　その言葉に寂しそうな響きを感じて、沙良は咄嗟にシルフィードの手を握った。

「……沙良姫」

「たくさんの方に祝っていただけたもの、それだけでいいじゃありませんか」

　沙良自身、姉の理沙に参列してもらったことは嬉しかった。

　シルフィードの兄であるラドクリフが参列してくれた時は、他の兄妹はどうしたのだろうかと頭の片隅にはあったが、緊張していたこともあって深く考えることはなかった。ただ、シルフィードの心境としては、今回婚儀からそれほど日が経っていない葬儀には駆け付けたという事実に複雑な思いは抱いたかもしれない。

　自分を見下ろすシルフィードの瞳が、まるで縋るような光を帯びているように見えた。

「今はラドクリフさまのお母さまを、静かにお見送りしましょう」

「……そうですね」

　握った手に一瞬力がこもった後、シルフィードは兄妹たちの方へ歩み寄る。沙良も慌ててその後を追った。

「兄上」

「……っ」

　少し前からシルフィードが近づくのはわかっていたようで、皆一様に強張った顔でこちらを見ていた。中でもラドクリフの眼差しは怖くなるほど鋭い。

（どうしてそんな目を……）

ラドクリフの母親が亡くなったのは病のせいだが、これではまるでシルフィードが何か関わったのではないかと思えるほどの過剰な態度に見えて戸惑ってしまった。

無意識のうちにシルフィードの服の裾を摑んでいたらしく、振り向いた彼の眼差しが心配げに自分を見る。大変な時だというのに自分のことにまで気遣わせては申し訳なくて、沙良はパッと手を引いて礼の姿勢を取った。

「は、初めまして、沙良と申します」

「……」

挨拶をしても、相手からの反応は返らない。というよりも、ますます怯えたような視線でシルフィードと沙良を交互に見ているようだ。

どうすればいいのかと迷う沙良の肩を抱き寄せ、シルフィードが彼らに向かって言った。

「我が妻の挨拶を無視するとはどういう了見でしょう？」

「フィー兄さまっ」

「お前たちよりもこの沙良姫の方が地位が高いということを理解していますか？」

「兄さまっ」

淡々と告げるシルフィードの声音は激昂しているようには聞こえなかったが、それでも目の前の幾つもの顔が青ざめていくのを見て、沙良は咄嗟に止めなければと思った。

「こういう場で初対面の挨拶をしてしまった私の方が悪いのです。後できちんと場を作っていれば、ご兄妹さま方も戸惑われることもなかったはずです」

　多分、今自分が言っていることと本当の理由は違うと本能で悟っていたが、それでもこう言う方が一番この場を収めやすいのではないかと思った。

　シルフィードは沙良を見下ろし、しばらくして少しだけ口元に笑みを浮かべてくれる。沙良には見慣れたその表情に周りはざわついて見ていたが、シルフィードはもう気にしていないかのように沙良を促した。

「気分を害されたでしょう、申し訳ありません」

「そんなことないですっ。兄さまのご兄妹にお会いできて嬉しかったですよ？」

　人が亡くなった時にこんなことを思うのは失礼だろうが、沙良はシルフィードの兄妹に会えてよかったと本当に思っている。できればシルフィードの幼いころの話とか、沙良の知らない彼の一面を聞いてみたかったが、さすがに今は無理だ。

　いずれそんな機会ができたらいいのにと思っていると、そこへハロルドがやってくる。

「王、リアンの王がいらっしゃいました」

「わかった。沙良姫」

「私はここにいるので、大丈夫です」

「……」

「王、沙良さまには護衛を付けております」

「……すぐに戻りますから」

軽く頬に唇を寄せたシルフィードがハロルドと共に席を外すと、沙良は長椅子の端に腰を下ろした。

気になって周りを見ていたが、思っていたよりも参列者は少ないように感じる。第一王子の母親とはいえ、正妃ではなかったらしいので他国からの参列者はいないのかもしれない。

俯きながら考えていた沙良は、ふと目の前に落ちた影に気づいて顔を上げる。そこには、厳しい表情をしたラドクリフが立っていた。

「ラドクリフさま」

慌てて立ちあがった沙良は先ほど言えなかったお悔やみの言葉を告げる。

「この度は、ご愁傷さまでした」

「……」

「……」

「覚悟をするんだな」

「え？」

唐突な言葉に思わず息をのむと、ラドクリフは凍えるような冷たい目をしたまま続けた。

「あの男は血も涙もない男だ。いずれお前も喉元を食いちぎられ、無残に貪られて捨てられるだけだ」

「ラドクリフさま、いったい何を……」

「死にたくなければ、早々に逃げ出すことだ」

沙良の疑問には一切答えず、ラドクリフはそれだけ言うと踵を返す。

彼の言う《あの男》というのは、間違いなくシルフィードのことだ。しかし、優しい彼に血も涙もないなんてどうして言うのだろうか。

大切にされ、大事に愛されていることは嫌というほどこの身に、心に伝えられている。とてもあの言葉をそのまま信じることなんてできなかった。

◆◆◆◆

「あの方の亡骸(なきがら)はそのまま貴国に連れ帰っていただきたい。我が国にはその女の墓を作る余地などありませんので」

淡々と告げるシルフィードに、隣国の王は青褪めた表情のまま膝の上の拳を握りしめる。

あの女――クレアの兄である隣国リアンの王は、クレアの死亡を告げられた時、真っ先にシルフィードが殺したのかと言ったらしい。使わした使者は忠実にその言葉をシルフィードに報告した。

だからと言って、シルフィードはその言葉に肯定することはもちろん、否定をする気もない。シルフィードにとってもはやあの女に恨みはなく、考えることさえ無駄な存在だ。いや、今のシルフィードを作る上ではあの女の蔑みや罵倒は力になったので、その点だけには感謝をする。

「……レイガル王」

「何か？」

これ以上は何の話もないと立ちあがろうとしたシルフィードは、呼び止められて足を止めた。

今、隣国とは大きな問題はなく、表面上は友好関係を保っている。

これまで、王女であったクレアが前王の妾妃として迎えられ、第一王子を産んだことで、もしかしたら立場が逆転するかもしれないという愚かな希望を抱いていたかもしれない。

しかし、シルフィードが王座に就き、クレアも死亡したことで、今後の二国間の関係を憂えているのだろうか。

「ラドクリフのことだが」

「……」

「我が国に迎えてもいいだろうか」

「……兄上を？」

葬儀の場での突然の申し出に、さすがにシルフィードは眉を顰めた。

「兄上は、我がガーディアル王国の前王の第一王子ですが」

「それも名ばかりのことであろう。私には男子がおらぬ。我が妹の血を受け継いだラドクリフを引き取り、私の後継ぎにすることは可能だと思うが」

い。

「……」

確かに、不可能なことではない。今のラドクリフの立場から考えると、何の肩書もなく飼い殺しをされるより、ガーディアル王国より劣るとはいえ一国の王になる方がよほどい
シルフィードも余計なものが目の端をちらつかないだけで爽快な気分になるだろう。

だが、一方でシルフィードは思う。

今の隣国の王には確かに王子はいないが、年頃の王女が二人いたはずだ。そのどちらかの姫に婿を貰って跡を継がせた方が己の血筋が後世に伝わるというのに、わざわざ他国に出ていった、それも王妃になっていない妹の忘れ形見を引き取ることにはもっと別の意味があるのではないか。

（……我が国も、手に入れられるなどと考えてはいないか）

第一王子であるラドクリフを手のうちにし、機会を窺って一気にガーディアル王国に攻め入るということも考えられなくはない。それほどこの国には価値があるということを、シルフィード自身よくわかっていた。

「レイガル王」

「私の方は構いません。兄上とよく話し合われたらいいでしょう」

表面上はシルフィードを阿(おもね)っていても、心の内では何を考えているのか。

どちらにせよ、シルフィードにとってラドクリフはどうでもいい存在だった。あの兄と

この王では、できることなど限られている。

「では、後で会わせていただけるな」

「どうぞ」

今度こそ話は終わりだと、シルフィードは立ちあがって部屋を出た。

一人にしてしまった沙良が気になって斎場に戻ると、沙良は指定された席にちゃんと座っていた。姿を確認しただけでほっとし、シルフィードはしばらくその後ろ姿を見つめる。沙良は真っ直ぐに顔を上げ、祭壇に飾られた花を見つめていた。見えるその横顔は憂いを帯びていて、沙良がクレアの死を嘆いているのがよくわかる。

一度も会ったことがない相手になぜそんな感情を持てるのか。シルフィードにとっては理解できないものだが、優しい沙良だからこそそんな思いを抱けるのだろうとは思えた。

少し離れた場所には、ラドクリフをはじめとする兄妹がかたまっていた。シルフィードが入っていった時から気づいていたらしく、恐怖と嫌悪を露わにした視線を向けてきていた。

面と向かって意見をするのならまだ相手にもなるが、何も言わず、ただ陰で恨みごとを吐くだけならわざわざ話しかけることもない。

シルフィードは真っ直ぐに沙良のもとへ向かうと、彼女が気づく前に隣に腰を下ろした。

「フィー兄さま」

シルフィードに気づいた沙良が、ほっと安堵した表情でこちらを見る。頼られているということがそれだけでもわかって心地良く、シルフィードは目を細めてそっと沙良の膝の上に置かれた小さな手に自身のそれを重ねた。

「一人にしてすみませんでした」

「いいえ。お話は終わったのですか？」

「ええ、この後の段取りだけですから」

こともなげに言えば、沙良はほっと息をつく。ガーディアル王国の内情を知らない沙良にとっては隣国の王との謁見と聞けば何事かと思うだろうが、実際は説明するほどの内容もない。

それよりも、せっかくの新婚の期間だというのに、こちら側の事情に巻き込んでしまったことを申し訳なく思った。

クレアに最後の最後まで嫌がらせをされた気分だ。

「葬儀は今日で終わり、明日には亡骸は隣国へと向かいます」

「こちらで埋葬されないのですか？」

少し驚いた様子の沙良に、シルフィードはわざと沈痛な表情を浮かべながら続けた。

「クレア殿は元々隣国の生まれの方ですから。永久の眠りも、生まれ育った故郷が良いかと思って手配しました」

「……そうですね。誰だって、自分の故郷で眠りたいと思いますもの」

「……」

クレアに同情したように言うが、シルフィードはたとえ沙良が亡くなったとしても飛鳥の地などに戻すつもりは毛頭なかった。

できうるのなら、沙良の血肉を自身のものと同化し、一生を共にしたいとまで思う。もっとも、沙良を先に死なすつもりはないし、シルフィードも先に逝くつもりもない。同時に死に、あの世までも共に。

そこまで考えている自分の心など予想もつかないであろう沙良は、クレアのような我儘な女のことを哀れに思っているのか、沈痛な面持ちで視線を伏せた。

(あんな女のことなど考えなくてもいいのに)

沙良のどんな感情も、自分にだけ向けて欲しい。面と向かってそう言えたのならどんなにいいかと思っていたシルフィードは、自分たちの側に歩み寄ってくる人影に視線を向けた。

「……理沙殿」

「姉さま?」

シルフィードの声に沙良も振り返り、そこにいた理沙の姿に驚いたように名を呼ぶ。確か、今回の葬儀には失礼ながら欠席すると沙良から聞いていた。正式な名目での滞在ではなく、クレアとの面識もない理沙が葬儀に出ないというのは当然のことで、シルフィードは特に不快に思うこともなかった。かえって、申し訳なさそうに落ち込んだ沙良を見る方が心苦しかったほどだ。

理沙は喪服ではなかったが、飛鳥族の民族衣装に黒い肩衣を掛けている。そして、大げさにも思える悲しげな表情でシルフィードに声を掛けてきた。

「この度は、お悔やみ申し上げます」

「……わざわざ、すみません」

「いいえ。妹の夫となったからには、シルフィードさまは身内も同然の方。そのシルフィードさまに縁ある方が亡くなったのですから、こうして葬儀に参列するのも当たり前のことですわ」

一端そこで言葉を切った理沙は、シルフィードの隣に座っている沙良へと意味深な眼差しを向ける。

「そういった配慮は、妻ならば当然のこと。この子はまだ子供なので、そこまで考えが行かなかったのでしょう。どうか、広いお心で許していただけないでしょうか」

そのままの意味で取れば、姉が妹を庇っているように聞こえた。しかし、言葉の端々に見える沙良への見下した態度は隠せない。

だいたい、今の理沙の発言には矛盾があった。数日前、沙良はシルフィードにこう言ったのだ。

『姉さまは、今回の葬儀には失礼させていただくと……ごめんなさい』

自分たちは夫婦だ。それも、表面上ではなく、身も心も愛し合っているという自負がある。その日の出来事を話し合っていればすぐにわかってしまう嘘だと、想像できない方がおかしい。

だが、そうはっきり言えるシルフィードとは違い、沙良の方はと見ると、姉の突然の出現と自身を責める言葉に戸惑い、少し不安に思っている様子がわかった。

(私が姉の言葉を信じるとでも思っているのか?)

あれほど愛情を言葉にして伝えていても、謙虚な沙良は姉の言葉を真っ向から否定できず、さりとてシルフィードに直接無実を訴えることもできないといったところか。

その表情は劣情を抱くほどに愛らしく、すぐにでも理沙の言葉を否定しようとしたシルフィードに僅かな悪戯心が芽生えた。

「理沙殿のお気遣い、感謝いたします。沙良姫には、今後私の方からも言い聞かせておきますので」

身体を傷めつけたり、精神的に追い詰めたりすることはもちろんするつもりはなかったが、苛めて泣きそうな顔を見たいというのは男の性だ。現に、今のシルフィードの言葉に唇を嚙みしめる沙良は、本当に、本当に――――可愛い。

「お願いしますわ」

理沙は自分の言い分が通ったことで満足したらしい。そのままシルフィードの隣へと腰を下ろそうとしたが。

「申し訳ございません。理沙殿はあちらに」

いつの間にか側にいたハロルドが指さしたのは、一般の参列者が着席している場所だ。

「私が、あそこに？」

不機嫌そうに言うものの、理沙こそ今回の葬儀に呼ばれざる者だ。遠慮し、自ら端に控えるのが常識だと思うが、本人はまるでそれに気づかない。

「こちらは御親族の席ですので、どうかあちらに」

「……」

あからさまにハロルドを睨みつけ、理沙は立ちあがって指示された場所へと向かう。その後ろ姿を見送っていた沙良の頬にそっと指を触れさせたシルフィードは、おずおずとこちらを見る沙良に微笑みかけた。

「理沙殿はきっと、あなたの言葉を忘れてしまっていたのでしょう」

「……忘れる？」

「ええ。ですから、気にすることはないですよ」

たった数日前のことを忘れるはずがない。それは沙良自身わかっているだろうが、シルフィードの言葉に反論せずに頷く。

「……そうですよね。きっと、お忙しくて……」

「理沙殿の矜持を守るためにあんな言い方をしてしまいました。どうか許してください」

「兄さま……」

「あなたの言葉以上に信じるものなど、私にはありません」

きっぱりと言い切ると、沙良の表情にもようやく笑みが戻った。苛(いじ)めて泣かすのも楽しくはあるが、信頼のこもった笑みを向けられる方がもっと嬉しい。

その間に、祭司が現れて厳かに葬儀が始まった。シルフィードもそれ以上は何も言わず、沙良も居住まいを正して前方を見つめる。

心に、身体に刻まれた傷は、けして癒えることはない。

それでもクレアの死によって、シルフィードの中の重い記憶の一つに終止符が打たれようとしていた。


葬儀が終わり、隣国の王も帰途についた翌日、シルフィードの政務室にラドクリフが現れた。いつ来るだろうかと待っていたくらいなので、葬儀から数日後というのは思ったよりも遅いくらいだった。

「何か、兄上」

用件など言われなくてもわかっている。ラドクリフ自身、伯父である隣国の王が自身に打診する前に、ますシルフィードの許可を得ているだろうというのは予想がついただろう。それでも互いに、そのことについては何も言わなかった。

癖のある明るい茶髪に、彫の深い顔立ち。兄弟の中で誰よりも父王に似ているラドクリフは、不遜な眼差しでこちらを見る。その顔も、嫌になるくらい父王に見せられたものと同じだ。

「シルフィード、私は伯父に……リアンの王に、国に来ないかと言われた。母の故郷でもあるし、弟のお前が王座に就いたからにはこの国に居づらいのではないか、と」

「そうですか」

ラドクリフはどんな決断をしたのだろうか。

「返事は、待ってもらうことにした」

「……」

《行く》という返事しか想像していなかったシルフィードはさすがに意外で、思わずその顔を見てしまう。不思議とラドクリフは落ち着いていて、反対にシルフィードの反応を観察しているようだ。

明らかに何かを含んでいる物言いに、何らかの後ろ盾があるように思えた。元々、次期王の最有力候補だったラドクリフには、甘言で取り込もうとする者はいまだ多いはずだ。中には厄介な立場の者もいるが、シルフィードも長々と泳がせているつもりはない。

主導権を握られるつもりもなく、シルフィードは口元に冷笑を浮かべながら問いかけた。

「良い話だと思いましたが」

「お前にとってはな」

「……」

「だが、私はこのガーディアル王国の第一王子だ。すべての権利を放棄して逃げることはしたくない」

「……そうですか」

今ここに留まっていることもある意味逃げだと思うが、本人がそうしたいというのならば勝手にするがいいと思った。シルフィードにとってラドクリフがこの国にいても、隣国に行っても、そう大差はないのだ。

自身の視界に入るかどうか。現時点でまったく脅威にもなりえない存在のことを気にすることは時間の無駄だ。

「わかりました。私も兄上が側にいてくださると心強いですよ」

「……心にも思っていないことを」

母が違うとはいえ、兄弟なのにどうしてこんなにも憎み合わなければならないのか。いや、そんな疑問はとうになくなっている。シルフィードが歩み寄ろうとする前に、すでに相手から排除されていたのだ。今更感情をぶつけられても、何も思うこともない。

そんなふうに思っているシルフィードの気持ちを読み取ったのか、ラドクリフが嫌な笑みを浮かべた。

「そういえば、飛鳥の姫……沙良といったか。王妃になるというのに、まだ子供のような女だったな」

ラドクリフの口から沙良の名前が出た瞬間、無表情だったシルフィードに感情が込められる。

それを動揺と捉えたのか、ラドクリフはさらに揶揄(やゆ)するように続けた。

「閨(ねや)での嗜(たしな)みを心得ておるかどうか、お前の前に私が試してやろうか」
　次の瞬間には、シルフィードは机の上にあった小刀をラドクリフの首筋に押し当ててい
た。いつ首を掻き切られてもおかしくないというのに、ラドクリフはシルフィードを動揺
させたことが楽しいのか、顔から笑みを消さない。
「沙良姫は私の妻です。手出しは無用に」
「本来なら私の妻になっていただろう女だがな」
　吐き捨てるように言ったラドクリフが部屋を出ていくのと入れ替わり、ハロルドがやっ
てきた。
　その姿が目に入ると、シルフィードは瞬時に殺気を押し隠す。この弱みを、臣下たちに
見せるつもりはなかった。
「隣国の内情は」
　ハロルドにも既にリアンの王の申し出は告げてあり、それと同時に間者からの報告を早
急にまとめるように申しつけていた。沙良との婚儀の前から周辺国の政治的事情には目を
配らせていたが、今回の隣国の王の行動で何か別の事情が新たに出てきてはいないかと考
えたからだ。
「政情は落ち着いております」
「そうか」
「ただ、民の流出が激しく、そのために数年前から納められる農産物や金が減っていると

のこと。現王はそのことで何か新たな考えを起こしたのかもしれません」

「……」

その考えも一理あるかもしれない。最近は大きな戦などなく、どの国も平和ボケをしている状況だ。民は少しでも豊かな生活を望み、新たな地へと向かう者も多い。広大な国土を持つガーディアル王国はそれらの民を受け入れる側だが、他国はその流出を止めるのに必死なのだろう。

「……そのために、我が国を手に入れようとしているのか……」

「それはわかりかねますが、隣国の王がラドクリフさまを迎え入れようとすることには我が国の内情が関係あることは確かでしょう」

「どういうことだ」

「……恐れながら、花嫁を迎えた《冷血な剣の王》の剣先は折れたとの噂も出ております。飛鳥の姫を迎えられ、ガーディアル王国の未来は安泰と思う者もいれば、その座に胡坐をかいていつか衰退するだろうと考えている者もいることは確かです」

淡々とした口調ではあるが、多分ハロルドの中ではここで引き締めておかなければどこからか綻びが生まれてしまうという恐れもあるのだろう。まさか、そんなふうに話が広がっていたとは思わず、シルフィードは笑ってしまった。

最愛の者を手に入れた自分が有頂天に見えてしまうのはしかたがない。ただし、その最愛の者を守るために、その笑顔をより輝かせるために、今までよりももっと国を栄えさせようとするとは思わないのか。

　どちらにせよ他人の目などどうでもいい。シルフィードにとって唯一大切なものは沙良だけで、その沙良の目に自分が誠実で頼りになる男だと映ってさえいればいいのだ。

　しかし、側近だと名乗る以上、ハロルドにはもっと賢い男でいてもらわなければならない。人の意や噂に翻弄されて馬鹿な考えを抱いていては、それこそ足をすくわれる綻びになりかねなかった。

「ハロルド、私は噂ほどに愚かな男ではないつもりだ。それとも……退きたいか」

　ようやく手に入れた沙良を可愛がり、愛することを止めることはないが、彼女のために今よりももっと国土を広げ、どんな贅沢もさせることができる財力もやしなうつもりだ。

　そのためにも、自分の側近となる者は広い視野と周りに流されない強い意志、そしてシルフィードが望むのなら、自身の部下さえ切り捨てられるほどの冷酷さがなければならない。

　シルフィードがすべてを言わなくても、ハロルドはその意思を悟ったのか、しばらくして顔を上げて言いきった。

「退くつもりはありません」

「その位置に留まりたいのなら、何をすればいいのかわかるな？」

「はい」

　今後、さらに隣国の内情深くに入り込み、そのはっきりした真意を摑むこと。

陰でシルフィードを嘲笑い、沙良を侮辱する者がいれば徹底的に追い込むこと。

シルフィードと沙良を支え、守ることが、このガーディアル王国の繁栄を約束することだとようやくわかったらしいハロルドに、シルフィードはふと頭を過ったことを口にした。

「理沙はどうしている」

「本日は町に。かなり目立つ買い物をしているようです」

「誰か接触した様子はないな？」

「今のところは。……もう数人、付けるようにします」

「早々に帰国すれば問題はないがな」

喪に服している沙良とは違い、理沙は呆れるほど割り切って滞在を楽しんでいるようだ。このまま機嫌良く帰国すれば沙良にわからないよう、今後あの地から出ることができないように留めおく方法もある。

何を勘違いしたのか、顔を合わせるたびに慣れ慣れしく身を擦り寄せてくるのが不快でたまらないのだが、冷たく排除しようとする時に限って側に沙良がいるのだ。理沙が沙良に見せつけるようにそんな態度を取っているのはわかっていたが、まだ沙良の前で本性を晒すのは早い。

「……本当に、血が繋がっているのか疑わしいものだな」

血というものが人間と人間を繋げるのにそれほど大切なものだとは思わない。だが、同じ血が流れているというのにわかりあえないことは心に空虚を生む。それもまた、事実だということをシルフィードはわかっていた。

# 第六章

窓から外をのぞくと、数人の召使いを連れた姉が歩いているのが見えた。

婚儀に参列する父と訪れた時同行した召使いたちは皆帰したので、不便だろうとシルフィードが手配してくれた者たちらしい。

『シルフィードさまは私のことを本当によく考えてくださっているわ』

嬉しそうに言っていた姉の顔を思い出し、沙良は深い溜め息をついた。

「どうしたの？」

ちょうどそこに、茶を入れ替えた由里がやってくる。沙良はその顔を振り向いたが、すぐには自分の中のモヤモヤとしたものを口にできなかった。

「沙良？」

沙良のことをよく知っている由里には、その態度は却って不自然に見えたらしい。そのまま側にやってくると、沙良が見ていたように窓の外へと視線を向ける。そして、同じように理沙の姿を見たのだろう、眉を顰めながらこちらを見た。

「……まるで、理沙さまの方が王妃みたいね」

「……」

「ごめんなさい、でも」

「うん。心配してくれてありがとう」

由里がそう言うのも無理はないように、理沙はまるで己がこの宮殿の主であるかのように振る舞っていた。

さすがにシルフィードの前では控えめなのだが、沙良に対してはあからさまな態度だ。昨日などは、

『ガーディアル王国の国王なら、妾妃が何人いてもおかしくはないわよね。あなたも、煩く言わないことよ』

心のどこかでは覚悟をしていたことだったが、面と向かって、それも実の姉に言われると激しく動揺してしまった。

シルフィードに愛されていることは実感している。優しい彼は幼いころからまったく変わらず誠実に、沙良に対して接してくれていた。だが、一国の王という立場ではその誠実さは却って国政の妨げになるかもしれない。

「王は何ておっしゃってるの？」

「……何も。私も、何も言ってないもの」

自分との婚儀に続き、第一王子ラドクリフの母親の葬儀。

立て続けに大きな出来事があって、シルフィードは今とても大変だろう。本当は政の手

助けを少しでもしたいのだが、シルフィードは「沙良姫は笑ってくれていたらいいのですよ」と、何もさせてくれない。

沙良ができることはシルフィードに心配をかけないということ。それはもちろんわかっているが、せっかく縁あって夫婦になったのだからシルフィードを支えたいとも思う。

「こんなにうじうじしている沙良を見るのは初めて」

「……由里」

「沙良、飛鳥の地ではあなたはどんなふうに暮らしていた？　族長の姫だからといって、周りに守られて、おとなしく家に引きこもっていたかしら？」

いいや、違う。

普通の子供たちと同じように野原を駆けまわり、馬に乗って、畑を耕した。

誰もが姫としての敬愛を向けてくれてはいたものの、身近な者に接するような温かな愛情も注いでくれていたのだ。

（……そんな飛鳥の民と同じように、このガーディアル王国の民とも接していきたいと思っていたはずなのに……）

正式にガーディアル王国の王妃になってしまってから、自分でも意識しないうちに上に立つ者として一歩引いてしまっていたのかもしれない。

「由里」

顔を上げると、由里がにっこり笑いかけてくれた。

「いつもの沙良の顔だ」

「私も町に出てみるわ。ここでじっとしていては、いつまで経っても私は余所者（よそ）でしかないもの」

「王にお願いしてみる？」

沙良は少し考える。今まであまりシルフィードに何かして欲しいという願いや許可は貰ったことはなかったが、いつだって彼は沙良の良いようにしてくれた。今回もきっと、町に出たいという沙良の願いはすぐに聞き届けてくれるに違いない。

しかし、もしかしたら心配だからと、シルフィード自身が付いてきてくれるという可能性も考えられた。そうでなくても多忙なシルフィードの貴重な時間を拘束してしまうことはとてもできない。

「フィー兄さまはお忙しいから、ハロルドにお願いしてみる。馬を一頭貸してくれたら私一人でも行けるし」

「二頭でしょ」

「ふふ、そうね」

やはり、由里は頼りになる幼馴染だ。無理を言って付いてきてもらって本当によかった。

沙良は由里と共に着替えた。シルフィードが用意してくれたガーディアル王国の淑（しと）やかで優美なドレスではなく、飛鳥から持ってきた普段着用の簡素な服だ。下がズボンになっているので馬にも乗りやすいし、何よりいつもの自分らしくて安心できた。

ハロルドの居所は、通りかかった召使いに聞いた。いつもの執務室ではなく、他国からの使者と会うために接見室にいるらしい。

せっかく意を決したが、ハロルドの邪魔になるのなら今日は諦めた方がいいかと思ったものの、幸いにも接見が終わった彼と会えた。

「……どうなされたのです?」

ハロルドは沙良の姿を見て、少し眉間に皺を寄せながらそう言った。とても王妃には見えない格好なので小言を言いたいのかもしれない。

その前にと、沙良はさっそくハロルドに頼んだ。

「町に行ってみたいんです。馬を貸していただけますか?」

「町に?」

意外なことを聞いたと、ハロルドの表情が当惑を含んだものに変化する。そんなにおかしなことを言ったのだろうかと思いながら沙良は続けた。

「遅くならないうちに帰ります」

「いえ、時間は関係なく……」

「あ、由里も同行するので、二頭お願いしたいのですが」

「……」

「ハロルド?」

なかなか答えてくれないハロルドに、沙良はもう一度促すように名前を呼ぶ。

ハロルドは眉間を指先でつまみながら、少し間をおいて言った。

「……私では判断がつきかねます」

「え？」

「今から王のもとへご一緒に行っていただけますか？」

シルフィードの手を煩わせたくないと思ってハロルドに頼みに来たのに、結局はシルフィードの許可を貰わなければならなかったらしい。それならば直接聞いた方が良かったかもしれないと思ったが、今さら前言を覆すことはできない。

どうして直接言ってくれなかったのかと問われたら。もちろん、正直に答えるつもりだが、そもそも町に出ようと思ったのが姉の理沙のことが切っ掛けだということは……言いたくない。

（でも、隠し事はしたくないし……）

複雑な思いを抱いたままハロルドと共にシルフィードの執務室に行くと、やはり突然現れた沙良に彼は驚いたようだ。

「どうしたのです？　ハロルドと一緒なんて……」

やはり、シルフィードはそこに引っ掛かったらしい。しかし、沙良が口を開く前にハロルドが簡潔に沙良の意向を告げた。

「王、沙良さまは町に行きたいとおっしゃっています」

「町に？　……沙良姫、本当ですか？」

「は、はい」

「どうしてです？　何か欲しいものでもありましたか？　それならばすぐに商人を宮殿に迎えますよ？」

優しいシルフィードは沙良のことを思ってそう言ってくれるが、沙良は物が欲しいわけではない。この目でガーディアルの民を見て、シルフィードのために自分ができることを探そうと思っただけだ。

「フィー兄さま、私は欲しいものはありません。ただ、兄さまの国を見てみたいのです」

「……」

シルフィードは立ち上がり、側に歩み寄って見下ろしてくる。怒っているようには見えなかった。

「……私の国を？」

「はい」

彼の手が伸びてきて、沙良の頬をそっと包むように押し当てられる。そのまま、まるで何かを確かめるように動いた手は首筋へと下り、喉元で止まった。

「……なんのために？」

「知りたいからです。兄さまの治めている国のことを。私も、生涯をこの国で生きていくのですから、より良い国にしていくためにはどうすればいいのか、私なりに考えたいのです」

「沙良姫」

守られているだけでは嫌なのだと。

居心地の良い部屋で、ただシルフィードが訪れるまでじっと待つしかないなんて寂しいと。

本当は、沙良のその個人的な思いの方が強いかもしれない。ただ、それを直接シルフィードに告げるのは恥ずかしかった。

だから、沙良は自分も手を伸ばし、シルフィードの頬に触れる。端正なその顔が自分に向けられる時だけは柔らかくなるのが嬉しかった。

「兄さま、私はもう、子供ではありません」

すると、唐突に沙良は抱きしめられる。

「わかっています。あなたがまだ子供だったら、こんなふうに抱きしめることはできなかった」

そう言うとシルフィードはしばらくして身体を離し、沙良の顔を覗き込むようにしながら笑みを浮かべた。

「わかりました」

「兄さま」

「ただし、今日ではなく明日にしましょう。今からではあまり見て回る時間はありませんから」

シルフィードの言葉に、沙良はパッと窓の外へ視線を向ける。日はまだ高いが、今はもう昼過ぎで、出掛ける準備をしてから差し引いて考えても、慌ただしい外出になってしまう。

せっかくの外出だ、確かにゆっくりと回りたかった。

「わかりました」

沙良は素直に頷き、側に立っていたハロルドに向かっても頭を下げた。

「突然我儘を言ってすみませんでした」

「……いいえ」

「フィー兄さま、私戻ります」

これ以上ここにいたらシルフィードの仕事の邪魔になる。沙良はそう言ってシルフィードに背を向けたが、

「沙良姫」

名を呼ばれ、立ち止まって振り向いた。

「はい？」

「今夜は、ゆっくりと話をしましょうね」

「はいっ」

どうやら、今日は仕事を早々に終えて戻ってきてくれるようだ。沙良は嬉しくなってにっこりと笑った。

『知りたいからです。兄さまの治めている国のことを。私も、生涯をこの国で生きていくのですから、より良い国にしていくためにはどうすればいいのか、私なりに考えたいのです』

沙良の言葉は王妃としてはこの上もなく素晴らしく高潔なものだが、シルフィードにとってはあまり嬉しいものではなかった。

シルフィードは沙良を腕の中に囲い、どこにも出さず、誰にも見せたくないのだ。さすがに王妃となれば内外の行事に伴うためにそれが無理なことだとわかっていたが、それでもできる限り沙良を宮殿の外に出したくない。

己の気持ちを沙良に伝えれば、きっと彼女は頷いてくれるだろう。だが、それによって生き生きとした瞳の輝きが曇るかもしれないと思うと、思いのままの言葉を口に乗せることもできなかった。

それならば、シルフィードが何も言わなくても、沙良自身が宮殿から出たくないと思うようにすればいい。いや、物理的に出られないようにするには……と考え、シルフィードはその夜、数日ぶりに一緒に夕食をとると、後早々に風呂を勧めた後、嬉しそうな沙良を晩酌に誘った。

◆◆◆◆

「東の地より取り寄せた葡萄酒です。そんなに強い酒ではありませんから」

「綺麗な色」

椅子に腰かける沙良の後ろに回り、まだ湿っている髪を乾いた布で拭いてやりながら話しかける。

何をしなくても若々しく、健康的だった沙良の肌や髪は、シルフィードが由里に命じて施している香油や薬湯の効果でさらに輝くように美しくなった。

野外を走り回ることも少なくなり、肌の色も徐々にだが白くなっている。髪を拭ってやっているうちに露わになった首筋を見つめているとどうしても自身の印をつけたくなってしまい、そのまま唇を寄せて歯を立てた。

「……っ」

力は入れていないつもりだったが、沙良は突然のことに驚いたのか肩を揺らして慌てて後ろを振り向く。

「に、兄さま？　今何を……」

「何も」

明らかに嘘をついてもその口調が笑みを含んだものなので、沙良は困ったような顔をしてこちらを見ていた。

婚儀の後の初夜以降、披露宴、そして葬儀と続いてしまい、シルフィードはまだ沙良を一度しか抱いていない。時間がないこともあったが、慌ただしい時間を過ごす沙良の気持ちを気遣い、自身の欲望など後に回せばいいと思っていた。

しかし、昼間に町に出たいと言い出したのを聞いた時、沙良がかなり落ち着いたのだと思えた。これならば、己の欲望を抑えなくてもいいだろう。

(沙良には早く、私の身体を覚えてもらわねばな)

顔を赤くして恥ずかしがりながらも、シルフィードにだけ淫らに花咲く身体は愛おしい。今はまだ青く、硬い沙良の身体を、シルフィードが触れるだけで柔らかく蕩(とろ)けるようにしたくて、あどけない表情をじっと見ながら彼女が手にしていたグラスの中身を一気に口に含んだ。

「あ……っ」

甘いその口当たりがとても気に入っていたのか、名残惜しそうな声が小さな口から洩れる。シルフィードは子供っぽい反応に目を細め、そのまま顎をとって唇を重ねると、葡萄酒を沙良の方へ口移しした。

口を離せば、端から少し葡萄酒が零れているのと、飲み込むために喉が動いているのが見える。シルフィードは濡れた唇の端を舌で舐め上げた後、喉元に唇を押し当てた。とくとくと動くそれを唇に感じ、このまま噛みちぎってしまえば永遠に自分のものになるのかもしれないと埒もないことを思ってしまう。

死なせたくはないが、この手でその命を摘んでしまいたいとも思うのだ。

沙良にはけして見せられない、暗い欲望だ。

「……沙良姫」

「フィー、兄さま」

沙良の手が、シルフィードの肩にしがみつくように伸ばされる。どんな目で見られているかなんて微塵も疑っていないような、心から信頼している眼差しを向けられると、シルフィードは無言で華奢な身体を抱きしめるしかできなかった。

「……兄さま……」

「美味しいですか？」

「え……？」

一瞬、何を聞かれているのかわからなかったらしく、沙良はぼんやりとした表情のままシルフィードを見る。

シルフィードは手を伸ばして瓶に直接口を付けて葡萄酒を一口飲むと、もう一度沙良に口移した。今度は零すことなく上手に飲んだ沙良の目元は、心なしか赤くなっているようだ。酒に強いと思っていたが、どうやらこの場の雰囲気に酔ってしまったらしい。

今度は誘うように開かれた唇に自身のそれを重ねたシルフィードは、軽々と沙良を抱き上げて寝台まで運んだ。

「……あ」

身体を重ねていないとはいえ、毎夜その身体を抱きしめて寝ている。日々腕に馴染む肌の感触を抱きしめ、沙良の匂いを胸いっぱい吸って眠ると、一日の疲れも吹き飛んだ。

今夜は、ようやく二度目の夜を迎えることができるのだ。

「沙良姫」

「は……い」

寝台に横たえた沙良を上から覗き込むと、視線が合うのが恥ずかしいのか目を伏せられてしまう。その表情が妙に扇情的で、シルフィードは彼女の頬に手を押し当てた後、親指でその柔らかな唇をなぞりながら囁いた。

「今日は、あなたにも頑張ってもらっていいですか？」

「……私が、ですか？」

「ええ。あなたに愛されていると、私に実感をさせてください」

沙良の声や眼差しで、彼女がどれほど自分を慕ってくれているのかよくわかる。しかし、こう言って沙良がどこまでしてくれるのか、その愛情の深さを確かめたいといういやしい思いもあった。

沙良はシルフィードの言葉の意味を考えているようで、すぐには頷くことも首を横に振ることもしなかった。

だが。

「……」

ずいぶん時間を置いた後、肘を使って上半身を起こすと、確かめるようにシルフィードの首に両腕を回す。そして、ちらっとその目を見たかと思うと、押し当てるだけのくちづけを彼女の方からしてくれた。

「……沙良姫」

「私、何をすれば……いいですか？」

それは、先ほどのシルフィードの言葉への返事だ。沙良の顔は薄紅色に染まっている。己がしている行為に羞恥を感じているのだ。

夫婦が睦み合うことは当たり前のことなのだが、初心な沙良には、当然の行為も戸惑うことの方が多いのだろう。

本当に、なんと愛おしい存在か。シルフィードの我儘に折れてくれた沙良に微笑みかけると、組んでいた足を少し崩した。

「あなたの手で、触ってもらえますか？」

「触る？」

潤んだ黒い瞳も震える小さな唇も。

僅かな表情の動きさえすべて自分のためのものだと思えば、自身の獣のような欲望に容易に火がついた。

よくわかっていないらしい沙良の手を掴み、シルフィードは自身の下肢へ押し当てる。まだ勃ち上がってはいないものの、既に存在感のあるものを手のひらに感じたらしい沙良は顔を真っ赤にして目を閉じてしまった。

「ちゃんと、見てください」

「……っ」

「あなたの目の前にいるのが誰なのか。あなたに触れることが許されているのは誰か、あなた自身が確かめてください」

沙良が羞恥のために目を閉じているとわかっていても、シルフィードはそれを許さなかった。瞼(まぶた)の裏に自分以外の男の姿を浮かべていたら——そう思うだけで嫉妬に駆られてしまう。だから、我儘だが沙良にはじっと目を開けて自分を見ていて欲しいのだ。

一度言っても、沙良はなかなか目を開けなかった。彼女にとって服越しとはいえ男性器に触れることは初めての衝撃で、とても見ていられないのだろう。

しかし、我慢強く待っていると、沙良は思いきったように目を開いてくれた。

「見えますか？」

「は……い」

「動かしてみて？」

これには時間が掛かるかと思ったが、目を開いた時に気持ちを決めてしまったようで、沙良は少しだけ指先を動かしてみせた。

愛撫とも言えない動きだったが、沙良が触れてくれているというだけでシルフィードは情けなくも感じてしまう。僅かに頭をもたげ始めた屹立に驚いたのか、反射的に摑んでしまったようで、慌ただしい手の動きに思わず笑ってしまったシルフィードを、沙良が恨めしげに見上げた。

「フィー兄さま……」

「ああ、すみません。あなたがあまりに可愛らしくて」

慣れていない動きに、本当に沙良はまだ何も知らないのだと思えてしまい、嬉しくてしかたがないのだ。

シルフィードは自分のものに触れている沙良の手に上から手を重ね、もっと強く押し付けてみた。

「……どくどく、動いています」

「あなたの手に感じているのですよ」

「私の？」

「ここを刺激されると、男はとても気持ちが良いのです。沙良姫、今度は直接触ってもらえますか？」

服越しでは我慢できなくて甘えるように言ってみると、沙良は唇を引き締めた真剣な表情をしてシルフィードの夜着を脱がしてくれる。帯を解き、前をはだけると、下着を着けていない下肢はすぐに沙良の面前に晒された。

初めてまじまじと見る男の性器に、沙良の目が大きく見開かれる。

「こ、これ……」

「これが男の身体です」

「……これが、私の、あの……」

「そうですよ。あの時あなたの中に入ったのは私のこれです」

涼やかなシルフィードの容貌からはとても想像のつかないほどの獰猛な形容の男性の証。太さも長さも規格以上なので、触れるのにも躊躇したくなるだろう。赤黒く、血管が浮き出ている竿に、精を溜める双玉や濃い下生えはとても異様で、沙良の目には奇怪なものに映っているはずだ。

恐れさえ抱かれてもしかたがないが、沙良は逃げずにいてくれる。いや、どうやら固まってしまって動けないようだ。

「怖いですか？」

「……こ、怖いというか……とても、信じられなくて……」

目の前のシルフィードのものが自身の身体の中に一度でも入ったことが信じられないのか、沙良は直視はしなくてもチラチラとした視線を寄こしてきていた。

もっと恥ずかしがることを予想していたシルフィードは意外だったが、その目元が赤くなったままなのを見て、沙良が少し酔っているのではないかと気づいた。いくら酒に強いかもしれないとはいえ、先日初めて口にした酒に完全に身体が慣れるはずがない。

だが、この酔いはシルフィードにとっては好都合だった。羞恥心をすべて失わないまでも、素直に要求をのんでくれる。今夜は思った以上に楽しめる夜になりそうだ。

「握ってみてください」

「……痛く、ないのですか？」

「大丈夫です。少し強めに握ってくださってもいいですよ」

細い指が両手でぎゅっと握りしめてくる。……だが、それだけだ。

「ゆっくり、上下に動かしてみてください」

「こ、こう、ですか？」

ぎこちなく動き始めた手に、シルフィードの欲望は見る間に育っていく。自身の手のひらを押し退けるように成長していくそれに、沙良の表情はますます驚いたものになっていった。

シルフィードは俯く沙良の頬に掛かる髪をかきあげてやる。

「……っつ」

その指先が耳たぶを掠めた時、沙良が小さな声を漏らした。

今の反応を確かめるようにもう一度同じところに触れてみれば、今度は肩を震わせる。どうやら沙良はここが感じるらしい。

いや、ここだけではない。

「……んっ」

首筋から鎖骨へと撫でおろした時、またも甘い声を漏らした。沙良は皮膚の薄い部分の感覚が鋭いのだ。

この先、開発するのが楽しみな身体だと、シルフィードは沙良に見せないように口角を上げた。

『服が濡れてしまいますよ』

わざと心配そうに言ったシルフィードの言葉に誘導され、沙良は多少の抵抗を見せながらも夜着を脱いでくれた。本人は胸も腰も薄いことを気にして、なんとかシルフィードの目から身体を隠そうと掛け布を引き寄せようとしたが、もちろん目の保養をしたいシルフィードはそれを許さず、多少強引にだが掛け布を床に下ろしてしまった。

今沙良は、シルフィードに言われた通り、彼の分身に愛撫を加えている。ただそれは、竿を上下に擦るだけという単純なもので、そこに技巧など一切なかった。

だが、シルフィードにとって愛する者の極上の指先で与えられる刺激は心地良く、それは徐々にだが頭をもたげてくる。先端からは先走りの液も滲み出てきて、沙良の手を濡らしていった。

「……これは？」

「私が感じているという証です。あなたが触れてくれるから、とても気持ちが良くて蜜が溢れ出てくる」

「……」

「沙良姫？」

「……嘘です」

「え？」

「だって……だって、兄さま、いつもとお変わりないもの」

本当に感じているのなら、声や息遣いに変化が表れると沙良は言いたいらしい。確かに、目に見えた変化はそうかもしれないが、物に動じない性格は変えようもなく、沙良がしてくれていることが嬉しいのは事実だ。

「本当ですよ。沙良姫に触れてもらうだけで、私はこんなにも……ほら」

シルフィードは沙良を抱きしめる。裸身が重なって、お互いの心臓の鼓動まで伝わってきた。

シルフィードの鼓動が速いのがわかったのか、沙良の顔がふわっと嬉しそうに綻ぶ。その顔が可愛くて、本当に気持ちが良くて、シルフィードはそのまま唇を重ね、沙良の舌を吸った。

「ん……ぅっ」

滲み出る唾液が、お互いの口腔に移る。飲み干したそれはとても甘くて、まるで極上の酒のようだ。

酩酊した気分のまま、シルフィードは沙良の乳房を包み込むように掴んだ。本人が気にしているようにまだ小さい乳房は、この先シルフィードが可愛がるたびに柔らかく、手に余るほど成長するだろう。

もちろん、小さなままでも十分に感度が良いので構わないが。

「あっ」

　小さな乳首を指の間に挟み、引っ張ると、握っている沙良の手に力が込められる。今度は指で弾くと、つんと立ちあがってくるのがわかった。

「フィー、兄さまっ」

「ここが小さいことを気にしていたでしょう？　私が可愛がって、もっと大きくしてあげましょうね」

　両方の胸を丁寧に愛撫し続けると、ぴったりと閉じていた沙良の足が僅かに開くのが見える。どうやら乳房への刺激に連動して、下肢まで痺れてきたようだ。

　せっかく慣れてきた沙良の手を止めるのは残念だが、今日は痛みよりも快感を優先するために、十分その身体を慣らさなければならない。シルフィードは自身のものを握っていた沙良の手を引きはがし、汚れた指先を口に含んだ。

（……まずいな）

　自身の味をこんなふうに確かめるとは思ってもみなかったが、これも沙良が感じさせてくれた証だと思って我慢する。いずれは、沙良にこれを舐めてもらうのだ……そう考えるだけでもゾクゾクとした背徳感に支配された。

「……ぁ……」

　指先からその間、手のひらへと舌を這わせていくと、沙良は我慢できないように眉間に皺を寄せながら声を噛み殺し始めた。どうやら、ここも感じるらしい。

（本当に、どこもかしこも感じやすくて可愛い）

　腰を支えながら再び寝台に仰向けに倒すと、シルフィードは頬や口に唇を寄せる。くすぐったそうに首をすくめ、笑い声を漏らす沙良の身体から強張りが解けてきたのを悟って、シルフィードはようやく閉じられた足の間に手を差し込んだ。

「！」

　まだ直接触れていなかったそこは、すでにしっとりと濡れていた。

「に、兄さまっ、私……っ」

　くちっという水音に、自分の身体の変化に戸惑った沙良が助けを求めるように名前を呼んでくる。

　シルフィードは耳元に唇を寄せた。

「大丈夫、これは当たり前の反応ですよ」

　言いながら、わざと音が大きくなるように秘裂を指で掻き撫でた。

「わ、私っ」

「私を受け入れるために、あなた自身の愛液が溢れてきているのです。たっぷり濡れた方が痛みは少なくなりますしね」

　感度が良いので今の段階でこれほど濡れているのだ。想像以上に可愛がり甲斐のある身体だとほくそ笑み、シルフィードは秘裂の奥に指先を入れてみる。ぬるりとした感触に、さらに奥へと指を進め、滑りを指に纏わりつかせながら秘部を弄った。

「ひ……やっ」

グチュグチュという水音がたまらなく恥ずかしいのか、沙良は初めて抵抗らしい抵抗を見せて足の間にあるシルフィードの手を両腿で挟みこんでしまった。このままでは動かせないが、シルフィードは慌てることなく、濡れた指先で腿の内側をくすぐる。

「や、やだっ」

「どうして？」

無意識であろう拒否の言葉に問えば、沙良は涙目でシルフィードを見た。

「だって、だって私……っ」

「これは、愛し合う者同士なら当然の反応ですよ。あなたが私を愛してくれているからこそ、身体が受け入れようと準備をしてくれているのです。ありがとう、沙良姫、とても嬉しいですよ」

こう言えば、沙良が拒まないことをシルフィードは知っている。案の定、沙良はしゃくりあげそうになるのを堪えながら、締めつけていた腿の力を僅かに抜いてくれた。

「いい子ですね」

軽くくちづけて褒めると、沙良は心細げな眼差しを向けてくる。

「大丈夫、私に任せてください」

シルフィードはもう一度安心させるように告げてから、沙良の下肢へと身体を移動させた。痛みがないくらいに、だが強引に押し広げて見えた秘部は、蜜のせいで明かりにキラキラと輝いてとても綺麗だ。

ほのかに赤いそこはまだまだ未経験の少女のように秘めやかで、とても自身の怒張を受け入れることに耐えられるようには見えなかった。無理をすれば裂け、傷を負わせてしまうかもしれないとも思えるのに、その狭すぎる蜜口に欲望を突き入れ、思うがまま蹂躙してしまいたい欲望にかられる。

自分を、自分だけを受け入れてくれるそこへ、シルフィードは口をつけた。その瞬間、

「ひゃぅっ」

沙良は動転してうわずった声を上げ、シルフィードの身体を押し退けようと手を突っ張る。

だが、シルフィードは構わず舌で秘部を舐め上げ、その奥を探るように指を動かした。

今夜も香油を使おうと思ったが、これほど濡れているのならば必要はなさそうだ。もちろん、中まで解さなければ軋むような痛みは伴ってしまうだろう。

沙良の意識は弄られているそこに集中してしまい、どうしても力が入ってしまう。シルフィードは先ほど沙良が反応した乳房へと手を伸ばした。

「……ぁっ」

不意をついたせいか強張りが抜け、シルフィードはその隙に一気に指を一本差し入れる。熱くて濡れたそこはまだとても狭く、たった一本だというのになかなか自在に動かすことも叶わなかった。

しかし、思ったように濡れは十分で、激しくはない動きで内襞を押すように刺激していくと、徐々にそこは程よい締め付けに変化していった。中に入れる指を二本に増やすと目の前の腿が引き攣れ、肌が赤く染まっていくのが見える。慣れたのか、苦痛の声は漏れなかったが、それでも眉間に現れた皺は消えなかった。

「あんっ……はぁっ」

ぎっちりと指を咥えている秘部に何度も舌を這わせ、唾液を注ぎ込んだ。どんなに慣らしても慣らしすぎるということはないだろうが、それでも、初夜から比べれば沙良の反応は十分だと判断し、シルフィードはようやく顔を上げた。

身を乗り出して覗き込んだ沙良の表情は蕩けていたが、その裏には未知の感覚に対する戸惑いや不安も感じられる。それが危うい艶にもなっていて、シルフィードは思わず唾を飲み込んだ。

女として沙良が開花するのはまだまだ先だ。だが、もしも真の喜びを感じ取ってしまったら、どれほど艶やかに変化するだろうか。

その姿を早く見たいのに、どこかでこのままでいて欲しいと思う。

「……沙良姫」

「……フィー、兄……さま」

シルフィードは指を引き抜き、そのまま秘部に剛直を押し当てる。グニッと、秘裂を押し広げるように先端を挿入すると、沙良の背が弓なりに反らされた。敷布を握りしめる手

を絡めとると、シルフィードは更に腰を突き入れる。

（き……ついっ）

締めつける強さは、初夜の時よりも増している気がした。それなのに、襞の蠢きは複雑になっていて、前よりもっと淫らに刺激してくる。

ヒクヒクと大きく上下する沙良の薄い腹の動きに合わせ、シルフィードは手を腿から離して腰裏へと移動させ、強く自分の方へ引き寄せた。

「ひゃう……っ！」

「……っつ」

内襞の反発に抵抗しながらゆっくり突き入れれば、どこもかしこも刺激されて、痛みを感じるくらいきついのに気持ちが良い。

もっと、もっと奥へ。

「はぁ、はぁ、はぁ……っ」

浅く、激しく呼吸をしている沙良の唇に自身のそれを重ね、シルフィードは慎重に腰を進めて、ようやく根元まですべて、沙良の身体の中に埋め込んだ。

「……はっ」

「全部、入りましたよ」

唇を離し、ごく間近で囁く。シルフィードが断続的に与えられる刺激に漏れそうになる声を抑えてなんとかそう言うと、沙良は涙で潤んだ目を向けてくれながら何度も頷いていた。

　きっと苦しくて、痛くて、なんとかその感覚を逃そうとしているだろうに、目を逸らすことなくシルフィードを見つめてくれているのは先ほど約束したからだ。

『あなたの目の前にいるのが誰なのか。あなたに触れることが許されているのは誰か、あなた自身が確かめてください』

　――本当に、なんて可愛いのだろう。

　可愛くて可愛くて、このまま息を止めてしまえば、この最高の瞬間に沙良を自分だけのものにしてしまえたら、どんなに嬉しいだろうか。

　しかし、どう考えたってそんなことはできない。

　沙良のいない人生なんて、今さら考えることなどできるはずもない。

　シルフィードはいったん肉棒を引きだすと、今度は先端で強引に押し入った。しっかりと沙良の身体を抱えながら腰を捻るように動かし、擦り上げていく。そのたびに痙攣するように腰を震わせる沙良は、シルフィードの動きについていくだけで精一杯のようだ。

「沙良姫、私に合わせてください」

「はぅっ、あっ、あんっ」

「沙良姫……っつ」

　呼びかけているのはわかっているようで、敷布に縫い付けるように押さえていた手がするりと抜け、縋るように背中にまわされた。

秘部いっぱいに埋め込まれた欲望の隙間からは、蜜がじわりと滲み出てきて沙良の尻を伝い、敷布に染みを作っていく。いや、濡れているのは敷布だけではなく、沙良の身体の中もだ。

「……沙良っ」

シルフィードの先端が浅い部分を擦った時、沙良が高い声を上げて達した。その瞬間の締め付けにいったんは耐えたが、腰の動きは加速して、やがて小さな尻を鷲掴みにして最奥へと欲望を解き放つ。

「は……ぁ……」

熱い飛沫が身体の中を濡らしていく感触に耐えているのか、沙良の唇が震えているのがわかり、シルフィードは宥めるようにそっと自分の口を寄せた。

舌を絡めるような濃厚なものでなかったせいか、沙良も触れるだけのくちづけにどこか安堵した表情を見せた。それを見てしまえば、さらに抱いてしまうことは今日もできそうにない。

（……慌てることもない）

今日は痛みだけではない感覚が沙良を襲ったらしく、ちゃんと自身も気をやることができていた。体力はあるはずなので、慣れてもう二、三回続けて抱くようにできるのも遠いことではなさそうだ。

ぐったりと身体の力が抜けた沙良の中から自身を引き抜けば、白い粘ついた液体が秘部からにじみ出てくるのが見える。沙良の中を征服したという暗い喜びがシルフィードの中を駆け巡り、伸ばした指でそれをすくい取るともう一度中へと塗りこめるように指を入れた。

「……んっ」

つい今しがたまでシルフィードのものを受け入れていたせいか、指は大きな抵抗もなく中へと入り込んだ。熱い内襞がすぐにそれを包みこみ、まるで絞るように締めつけてくる。その刺激にもう一度ペニスを突き入れたい劣情に駆られてしまうが、シルフィードはなんとか崩れかけの理性をかき集め、指だけで感触を楽しんだ。

早く、この精液で沙良が懐妊してしまえばいい。

子ができれば沙良はもうシルフィードの側から絶対に離れることはなくなる。

沙良の愛情を分けてしまう子など本当は欲しくないのだが、この地に留めおく鎖としてはこれほど頑丈なものもないはずだ。

「……沙良」

名を呼べば、まだはっきりとした意識を取り戻していないのに必死にシルフィードに向かって手を伸ばしてくる。

（本当に、お前だけが……）

これほど愛おしい者と出会えた喜びにうち震えると同時に、どうして出会ってしまったのだろうかという後悔もある。この存在さえ知らなければ、シルフィードは情というものなどいっさい持たずに、限りなく非道な方法で世界を手に入れようと動くこともできたはずだった。

しかし、一度知ってしまった温もりは二度と離すことなどできない。

いや、離すどころか、その心を欠片も肉親にさえ分け与えたくはない。

もっともっと、沙良が自分を頼ってくれたらいい。姿が見えなければ泣いてしまうほどに頼ってくれたら、ようやくシルフィードは満足できる。

シルフィードは沙良の手をとり、くちづけた。

この小さな指の一本ですら自分のものにしたい。

シルフィード以外誰も入れない豪奢な檻の中に閉じ込め、その吐息も眼差しさえも、すべて己の血肉にしてしまえたら少しは心も休まるだろうに。

それでも、そうすることもできないほど沙良を愛してしまっている自分にシルフィードは気づいてもいた。

# 第七章

沙良が町へ行くことができたのは、シルフィードに二度目に抱かれた夜から二日後のことだった。

沙良は当然翌日には出掛ける気だったのだが、身体が嘘のように動かなくて断念してしまった。由里には呆れて笑われてしまったくらいだ。

『すみません、沙良姫。あなたを抱けると思うと我慢が効かなくなってしまって』

シルフィードはそう言って謝ってくれたが、これは謝るようなことではなかった。夫婦ならば夜を共に過ごすことは当然で、沙良がまだ未熟だから身体の回復が遅いだけなのだ。

そう言っても、シルフィードは自身が悪かったのだと言ってきかず、丸一日は側についていてくれた。もちろん嬉しかったが、事あるごとに部屋にやってきて指示を仰ぐハロルドには申し訳なくてしかたがなかった。

「本当に大丈夫ですか？」

馬がやってくるのを見ていた沙良の側に立ち、シルフィードが気遣わしげに顔を覗き込んでくる。本当に心配性だなと、沙良は思わず笑ってしまった。

「大丈夫ですよ？　私、意外と身体は頑丈なんです」

「では、もっとお付き合いしてもらえたということでしょうか？」

「そ、それは、あの……」

「では、やはり私のせいで……」

「あ、あれはっ、もう、とにかく平気ですから！」

日が高く、周りに人がいる場所で夫婦生活を語られるのは恥ずかしい。沙良はシルフィードの言葉に重ねるように言うと、動揺をごまかすようにやってきた馬を一撫でした。

「フィー兄さま、この子の名前は？」

「ジェシカです。おとなしい馬ですよ」

綺麗な栗毛の馬は、初対面の沙良に対しても威嚇はせず、おとなしく手を受け入れてくれている。おとなしいのもそうだが、ずいぶんと賢いような気がした。

「ジェシカ、私は沙良よ。今日はよろしくね」

挨拶をすると、まるでジェシカもよろしくというように鼻づらを押し付けてくる。

「ふふ、可愛い」

「……」

「兄さま、この子とてもお利口ですね」

「……ええ」

なぜか、不機嫌になってしまったシルフィードを見上げて言うと、彼はすぐに口元に笑みを浮かべて言った。

「暗くなる前に帰ってきてくださいね」

「はい」

「護衛は撒かずに」

「……はい」

最初は沙良と由里だけの外出を考えたが、シルフィードはそれだけは絶対に許してくれなかった。ガーディアル王国の王妃ともなれば、出歩く際に数十人の護衛や召使いを従えるのは当たり前だと言って譲らなかったのだ。

お互いの主張をして、話し合って、どうにか護衛を五人にまで抑えてもらったくらいだ。

「……っしょ……あっ」

鞍に手を掛けて馬に乗ろうとすると、ふわっと身体が浮き上がった。シルフィードが沙良の腰を摑んで持ち上げてくれたのだ。

「あ、ありがとうございます」

沙良が一人で馬に乗れることも知っているのに、シルフィードはこんなふうに甘やかしてくれる。それがなんだかくすぐったい。

「気をつけて」

「はい。行ってきます」

草原を走らせるようにではなく、緩やかに馬を歩かせ始めた。振動がまだ鈍い痛みを持つ下肢に少し響くが、遠出をするわけではないので多分大丈夫のはずだ。

ちらりと背後を振り返れば、まだシルフィードは門前に立ってくれている。思いついて沙良が大きく手を振ると、シルフィードも振り返してくれた。

(ふふ、兄さまったら)

きっと、あまり表情を変えずに手を振るシルフィードを、周りにいる者たちは驚いて見ていることだろう。沙良にはごく見慣れた光景なのだが、どうやらこの国の中の彼はとても冷静沈着で、ほとんど感情を表に出さないらしい。

綺麗な顔で笑ってくれる顔は見惚れるくらいなのに、とても勿体ない。少し誤解されているようにも思えることも、シルフィードが沙良に対して見せてくれる笑みや態度で、すぐに払拭されると思うのだが。

(どこまで言っていいのかわからないし……)

彼がこの国で培ってきた立場や人格を、自分の不用意な言葉で変えてしまうことだけはしたくない。

今、シルフィードはとても忙しいのでなかなか時間が取れないが、落ち着いたらもっともっとお互いを知るためにたくさん話をしよう。

そこに、ハロルドや他の皆がいてくれたらとても嬉しい。

「沙良、見て」

「あ」

宮殿から出てしばらくは整備された林が続いていたが、それを抜けると広い田畑が現れた。その向こうに、ガーディアル王国特有の石造りの家が立ち並んでいるのが見える。

「たくさん家があるわね」

「沙良、マントが取れ掛かっているわよ」

「ほ、本当？」

言われて、沙良は慌ててフードを深く被り直す。

「気を付けないと。レイガル王にもくれぐれと言われていたでしょう？」

『いいですか、あなたが飛鳥の民であることは絶対に知られないように。その綺麗な黒髪や瞳を見せてはいけませんよ』

外出の条件として、シルフィードに言われたことを思い出した。

沙良はあまり気にしていないが、黒髪と黒い瞳は倭族特有のもので、他の民族にはいっさいその色は出ないので、あっという間に特定されてしまうのだ。

世界の始まりに最初に存在していたと言われる倭族、その稀有な存在は崇められているのだが、中にはその意を別の方向へと向ける者もいるらしい。

飛鳥の民を手に入れた者は、巨万の富を得る。

それこそ、沙良にしたらただの世迷言だと思うが、実際に飛鳥の地から出た僅かな民はすぐに他国の王族や金持ちに買われ、その身を拘束されているとシルフィードが教えてくれた。

『飛鳥族の姫であるあなたの価値は、例えようもないくらいなのです』

心配してくれるシルフィードに大げさだと笑い飛ばすこともできず、沙良は長い黒髪は編んで結いあげ、目はフードを目深に被ることで納得をしてもらった。

「あ……」

やがて目の前に迫った町の入口には門があった。ついて来てくれた護衛の一人が馬から下りて門番に歩み寄る。すると、すぐに大きな木の扉が開かれた。

「どうして門まで造る必要があるのかしら？」

沙良の呟きに、すぐ背後をついてくれている護衛が教えてくれた。

「暴動が起こった際、宮殿に押し寄せる民を一気に封じることができるからです」

「暴動って、そんなことが今まで起こったことがあるのですか？」

「いいえ。王は可能性があることへの対策を万全になされているだけかと」

淡々と告げる護衛は、それがごく当たり前のことだと思っているようだ。しかし、沙良にとっては宮殿に住む者と民との間に厚い隔たりができているようで違和感の方が大きかった。

シルフィードは可能性を考えてというが、考えるのなら前向きなことの方が絶対にいい。民ともっと交流し、互いの意見を交換すれば、暴動などが起きるはずがないのだ。

だが、それをシルフィードに告げたとしても、受け入れてくれるだろうか。彼は沙良のことをいつでも考えてくれるが、そこは少し違う気もする。

門をくぐると、すぐに賑やかな町並みが広がった。宮殿に一番近い町だからか、店の数も人の数も驚くほどに多い。

活気に満ちているその顔を見ていると、沙良の気持ちも自然に向上していった。

「あの、馬から下りてもいいですか?」

馬上からだけではなく実際に歩きたいと訴えると、予定になかったことなのか護衛は難色を示す。

「申し訳ありません、それは……」

「少しだけでいいんです、お願いっ」

顔の前で両手を合わせて頭を下げると、さすがに慌てたように止められてしまった。

「そんなことをなさらないでください。王に知られてしまうと、どんなお叱りを受けてしまうか」

こんな些細なことでシルフィードが怒るはずがない。沙良は誤解を解くために必死に訴える。

「フィー兄……レイガル王は、そのようなことでお怒りにはなりませんっ」

「しかし……」

「レイガル王が懸命に治めているこの国のことを、私ももっと知りたいのです。お願いします、協力してください」

由里を含め、周りの護衛たちを巻き込むように言いながら沙良はもう一度頭を下げた。

上に立つ者が簡単に頭を下げるものではないということも真理だろうが、沙良にとっては父の教えがとても強く心にある。

『頭を下げることは、矜持を折ることではない』

沙良も、容易に頭を下げることはないと思っている。だが、自分の気持ちを相手に訴えるために、その深さを伝えるために頭を下げることはまったく厭わない。

沙良の態度に、馬から下りた護衛たちは困惑したように顔を突き合わせていた。シルフィードに命じられた以上のことを判断することは、彼らにとってはとても大変なことらしい。

だが、しばらくしてその中の一人が沙良に歩み寄ると、片手を胸に当てて礼の形をとった。目の上に傷のある強面の男は、頭を下げても遥かに沙良の頭の上に顔があった。

「王妃さまのお言葉に従わせていただきます」

「本当に？」

「ですが、絶対に我々から離れることはなされないでください」

「ありがとう！　あのっ、あなたのお名前はなんとおっしゃるのですか？」

考えれば、沙良は宮殿の中ではハロルドの名前しか知らない。世話をしてくれる召使いに名を尋ねても、

『王妃さまに呼んでいただく名などございません』

と言われ、結局個人の名前を教えてもらうことはできなかった。

今回もそう言われてしまうかもしれないと内心ドキドキとしていたが、男は鋭い目元を僅かに緩めて言ってくれた。

「私はあなたの護衛長を務めさせていただきます、ウォーレスと申します」

「ウォーレス……どうぞ、よろしくお願いします」


町の中に数ヶ所設置されている馬屋に馬を預け、沙良は町の中を歩き始めた。

大きな町なので旅人も多く、沙良のように目深にマントを被った者も多くいるので目立つことはなかった。かえって、前後左右を守ってくれる大柄な護衛たちの姿に、何者だというような好奇の目を向けられている気がする。

しかし、それらを一々気にする前に、沙良の目には色鮮やかな店先の商品が飛び込んできていて、そのたびに立ち止まって見るのに忙しかった。

「あ、あれは何？」

「果物です。確か、南の国のものだと」

「じゃあ、あれは？」

「香辛料です。潰して湯に溶かして使います」

さすがに大国なだけあって、取り扱っている品々は様々な国のものも多い。見るからに美味しそうな匂いを放つものや、どうやって食べるのかわからない変わった形のものもあって、沙良は次々と手に取り、ウォーレスに尋ねた。

「あ、これ、この間食卓に出てきたものね」

ふと、目に入った籠に山盛りの小さな赤い実を見て、沙良は思わず笑ってしまった。

先日の朝食で、初めて見たこの実を口にした時は酸っぱくて驚いたのだ。どうやらそれは別の皿で出てきた、果実を潰して冷やしたものに混ぜて食べるものだったらしい。甘過ぎる果実が、これによってちょうどよい甘みになるのだそうだ。

そのうえ、どうやらこれはシルフィードも食べたことはなかったらしく、知らずに沙良が摘(つま)んで差し出した物をそのまま口にし、少し間をおいて眉間に皺を寄せた姿も思いだした。

控えていた給仕や召使いたちは青ざめて焦っていたが、シルフィードが「これは単体で食べるものではありませんね」と冷静に言っていたのがおかしかった。

「沙良？」

「なんでもない」

以前のように数カ月ごとに飛鳥の地で会うのではなく、日中はしかたないが朝夕常に側にいれば、知らないシルフィードの顔が見えてくる。

沙良が驚く以上に周りの人間が驚くのが不思議だったが、あんなふうに人間らしいシルフィードの顔を見てもらえれば、今以上に彼は慕われるはずだ。

（私にだけしか見せないなんて、もったいないもの）

「沙良、あれ」

「あ」

由里が指さしたのは装飾品の店だ。シルフィードが宮殿に呼んでくれる商人たちが持ってくる物に比べて遥かに安価のようだが、若い娘にとってはキラキラと輝く、まるで別世界の品のように綺麗だ。

「これ……あ〜、これも綺麗〜」

由里がはしゃぐのにつられ、沙良も並べられている物を見つめる。しかし、どれもこれも、自分には似合わない気がした。

そう考えると、知らぬ間にシルフィードが贈ってくれる装飾品はどれもしっくりと来るので、沙良のことを沙良以上に知っているのはシルフィードだということだろうかと、なんだか気恥ずかしく思いながら視線を移した。

（……これ）

店の隅には、手紙や書類を書く時に使う文鎮が幾つか置いてあった。その中の、綺麗な紫色の置物に目が止まる。

（フィー兄さまの、目の色みたい）

変わった紫の瞳を持つシルフィード。これまで、同じ色の瞳をした人間には会ったことがない。彼だけの特別な色のような感じがして、沙良は思わず手を伸ばしてしまった。

「お、いいのに目を付けたねえ」

中年の店主がさっそく声を掛けてきた。

「それは掘り出しもんだよ。飛鳥の地の岩石から作ったって代物だ」

「飛鳥の？」

もしもそれが本当だとしたら、何という偶然だろうか。

沙良はまじまじと手にした置物を見つめるが、その後ろからそっとウォーレスが囁いた。

「飛鳥の地から勝手に岩石など持ち出すことはできません。これは店主の嘘です」

そうかもしれない。でも、なんだか手放しがたかった。

沙良は万が一のためにと持ってきた金の入った布を取り出しながら尋ねる。

「あの、これはおいくらですか？」

「金、十枚だな」

「十枚……」

それは、沙良が持参した金の三分の一にもなる大金だ。飛鳥でなら、一ケ月はゆうに暮らせるほどの金額を、この置物に使ってもいいのだろうかと本当に悩んでしまう。

すると、

「本当に、金十枚の価値のものか？」

「ウォ、ウォーレン？」

普通にしていても威圧感のある大男が、威嚇するように唸りながら言うのだから店主は瞬時に真っ青になってしまった。沙良はすぐに止めたが、ウォーレンは沙良より一歩身を乗り出して言う。

「いくらだ？」

「……ど、銅、十枚で、いいですっ」

「え？」

あっという間に百分の一になってしまった値段に驚くが、ウォーレンは当たり前だと頷きながら沙良を振り返った。

「いかがいたしますか？」

「か、買います」

反射的に答え、次には慌てて店主に頭を下げた。

「ありがとうございます、お安くしていただいて」

「あー、いや」

バツが悪そうな顔をしながら金を受け取る店主はいい人だ。

「お店もとても流行っていますね。これは王のおかげですか？」

何気なくそう口にすると、店主はそうだなあと肯定する。

「シルフィードさまに代わってから、市場の秩序も保たれているからな。あの方は不正を許さないから、賄賂を受け取っていた役人や、不正な取引をしている奴らはいっせいに消えていったよ」

「そうですか」

やはり、シルフィードは正しい人だ。

シルフィードがいないところで彼が褒められるのは自分のことのように嬉しくて、沙良は手渡された文鎮の入った袋を大切に抱きしめる。

だが、続いた店主の言葉は沙良の思いもかけないようなものだった。

「だが、やり方は少々強引だな。言い訳は一切聞き届けないし、逆らうやつは極刑だ。シルフィードさまに血は流れていないなんて言う奴もいる」

「え……」

「飛鳥の姫様を王妃さまに迎えられたし、この先もシルフィードさまの栄華は続くともっぱらの評判だ。まあ、同時に恐怖政治も続くだろうがな」

冗談なのか、本気なのか。笑いながら言う店主の真意はわからないが、沙良は自分のまったく知らないシルフィードの話になんと答えていいのかわからなかった。

シルフィードが己にも他人にも厳しい人だというのは知っているつもりだが、だからと言って恐怖政治を行うような暴君ではけしてない。絶対に誤解していると思うのに、今ここで自分が否定してしまえば、沙良の正体がばれてしまう可能性もあるのでなにもできなかった。

悔しくて、沙良は俯いてしまう。すると、そっと背中が大きな手に押された。

「まいりましょう」

「ウォーレン……」

店から離れて歩きながら、沙良は何度もウォーレンに尋ねようと口を開きかけては止めた。

そんな沙良に、ウォーレンは守るように真っ直ぐ前を向いて歩きながら口を開く。

「王は、前王の代までの縁故を一切排除し、実力主義を謳われました。賄賂などで私欲を膨らませていた役人や臣下を温情なく切って捨てたことは事実ですが、私はそれを正しいことだと思っています」

「……」

「ですが、周りには誤解もされやすいかもしれません。王ご自身は気にされてもいないでしょうが」

「……そんなの……」

（とても、寂しいのでは……？）

国のためを思ってしたことなのに、民に誤解されるなんて悲しいことはない。

どうすればシルフィードの思いが伝わるのだろうか。すぐには思いつかないことを沙良はずっと考えていた。

◆◆◆◆

今頃、沙良は何をしているだろうか。

シルフィードは書類から目を離して立ち上がると、まだ明るい窓の外を見た。

暗くなるまでに帰るようにと、まるで幼い子供に言い聞かせるようなことを言ってしまったが、沙良はちゃんと言うことを聞いてくれるだろうか。

(……彼女が、私に背くはずもないな)

シルフィードがどうしてそう言うのか、言葉の裏の思いをちゃんとわかってくれている沙良は、シルフィードを心配させるようなことは絶対にしない。

予想に反したのは、彼女が情事の疲労から回復するのが思った以上に早く、そして町に出ることを諦めなかったことだ。忠実な部下であるウォーレンを付けているので身辺に危険が及ぶことはないだろうが、沙良の目が自分以外の人間に向けられると考えるだけでとても悔しいのだ。

そこへ、扉を叩く音がした。ハロルドだろうと振り向きもしなかったが、扉が開いた途端強く香った香水の香りに顔を顰めた。

「シルフィードさま」

続いて、甘えたような声で名を呼ばれ虫唾が走った。

「……何用です?」

無視をしてもこの女が素直にここから立ち去ることは考えられない。それならばさっさと追い払ってしまえと、シルフィードはようやく扉の方へと身体を向けた。

立っている理沙は、ガーディアル王国の貴族の娘が着るようなドレスを身にまとっているる。肩や胸元が開いたそれは扇情的だが、シルフィードの目に魅力的に映るかといえばそうでもない。

沙良の姉でなければとっくに国外追放できたのにと惜しく思いながら、それでも表面上はいつもの態度を崩さなかった。

「沙良は出掛けたようですわね」

「ええ。町を見てみたいと」

「まあ、シルフィードさまがお仕事でお忙しい中を？」

「……」

「国王の多忙さを気遣えぬ妹で……本当に申し訳ございません」

己は連日遊び歩いていたというのに、初めて町に出る沙良にはここぞとばかりに文句を言うのが煩わしい。沙良と己を比べることこそ愚かなのだと言っても、きっとその意味さえもわからないに違いない。

「それで？」

「え？」

「あなたは何をなさりにいらっしゃったのですか？　ここは政務を執り行う場所。国家機密も扱っておりますゆえ、関係のない人間が立ち入っていい場所ではありませんが」

「……っ」

暗に、お前は部外者だと伝えると、理沙は羞恥に顔を真っ赤にさせた。

「私は、あなたを慰めに……っ」

「こんな昼日中から？」

「だ、だって……っ」

「理沙殿、そろそろ国にお帰りになられたらいかがですか？　慣れた地が恋しくて常識のない行動をとられていらっしゃるのでしょう？」

同情を装い、辛辣にこき下ろす。

「私は、沙良姫に十二分に癒されています。他の女性が入り込む余地などまったくありませんので、ご心配なく」

そこまで言った時、顔を赤く染めたまま理沙が睨んできた。

シルフィードの言葉の意味がわかったらしい。馬鹿ではなかったことが、この際いいのか悪いのかわからないが。

「……私、ラドクリフさまと親しくさせていただいています」

唐突な言葉に悪意を感じ、シルフィードは鋭い眼差しを向けた。

「あの方はこのガーディアル王国の第一王子。それなりの権力もある方ですわ」

（……脅す気か？）

ラドクリフの名前を出し、何を要求しようというのか。そもそも、それを切り出すのが理沙だというのがおかしい。

「沙良も、私にゆっくりしていって欲しいと言っていますし、もうしばらくは滞在させていただきます」

言いきった理沙が肩をいからせながら踵を返す。その背に、シルフィードは声をかけた。

「権利など、何もありませんよ」

「え？」

「確かに兄はガーディアル王国の第一王子でしたが、今の彼には何の役職もありません。兄弟間での争いを未然に防ぐため、私が王位に就いた時にすべての権利を放棄してもらっています。あなたが何を考えて兄上に近づいているのかはわかりませんが、おとなしく飛鳥の地に戻った方が賢明ですよ」

実際は剝奪したのだが、それを正直に話すつもりはなかった。

この場に沙良はいない。理沙にどう思われようが構わないし、今の沙良がどちらの言い分を信じるかといえば自分だと、自信をもって言えた。

「早急に判断されるように」

背を押して促すこともしたくないので、シルフィードは自ら扉を開けて外へ出るようにと促す。

理沙は燃えるような眼差しでこちらを見た。色仕掛けをするのなら、何を言われても媚を売るようにすればいいのに、早々に仮面がはがれてしまったら弄ることもできないではないか。

理沙は背を向け、執務室から出ていった。それを見送ることもなく扉を閉めたシルフィードは考える。理沙のことはどうでもいいとして、あの女がラドクリフに近づいたというのは少し気になった。

ラドクリフが隣国に行くかどうかの瀬戸際、そこに飛鳥族の第一姫が関わってきたら。沙良がシルフィードに嫁いできた際に噂されていたように、飛鳥とのつながりが国家の繁栄とみなされることは多い。民の中には飛鳥族を神聖な存在と捉える者も多く、シルフィードを追い落とす道具としてラドクリフが理沙を巻き込んでしまうとなると厄介だ。

(本当に、忌々しい)

こちらを疎ましく思うのなら、いっそ無視してくれたほうがどんなに楽だろうか。シルフィード自身、ラドクリフのことなど考えたくもないが、沙良との将来のために邪魔になる要素がある限り捨て置くことはできない。

具体的な対策を練らねばと考え始めたシルフィードだったが、帰ってきた沙良の姿を見るとそんなことはいっさい頭の中から消えてしまった。

「お帰りなさい、沙良姫」

「ただいま戻りました。我儘を聞いてくださってありがとうございます」

沙良の言葉を聞きながら、シルフィードは注意深くその表情と全身に目を走らせる。怪我がないのはもちろん、その表情にも見送った時と同じ明るさがあったことに安堵した。

沙良にねだられ、見栄を張って送り出したはいいものの、一日その身が心配でしかたがなかったのだ。

「どうでしたか、町の様子は？」

「とても賑やかで、明るくて、様々なものが売っていました。人も多くて、あんなにもたくさんの人を見たのは初めてです」

沙良は相当に楽しかったらしく、どんなものを見たのか細かく教えてくれようとしたが、出迎えた門前で立ち話をしては身体が冷えてしまうからと、シルフィードはその背に手を当てて宮殿の中へと誘った。

しかし、歩きながらも我慢できなくなったらしい沙良が、色んな話をしてくれる。

「ここでの食卓で出てきたものもたくさんありました」

「どんなもの？」

「ほら、フィー兄さまも驚いた赤い実があったでしょう？　えっと……ケミの実、でしたか？」

「……ああ」

普段あまり果実を口にしないのだが、あの時は沙良があまりにもわくわくとした表情で見つめてきたので、思わず口を開けてしまったのだ。あれは確かに酸味が強かったが、顔を顰めると声を出して笑った沙良につられ、シルフィードも笑ってしまった。

「他にも、たくさんありました。あっ、ウォーレンさ……あの、ウォーレンに、焼き鳥を買っていただいて食べたんですよ。とても美味しかったです！」

「……ウォーレンが」

沙良の後ろに控えている彼女専属の護衛長に視線を移すと、男は静かにそこに佇(たたず)んでいる。

護衛をつけた時には沙良に名を教えることもしなかったが、どうやら一緒にいる間に教える場面があったようだ。だが、必要以上に沙良に近づいてはいないか。ウォーレンの今までの忠誠心を考えても疑う余地はないが、それでも親しげな様子を見せること自体面白くない。

ウォーレンもシルフィードの感情を読み取ったのか、神妙な顔で控えていた。

「それと、兄さまに渡したいものがあって」

暗い感情が心を浸食しきる前に、沙良の言葉が聞こえてシルフィードは俯きかけた顔を上げる。

「渡したいものですか？」

「……はい」

頷いた沙良が一瞬由里を振り返った。なぜか、安心させるように笑んだ由里にむっとしていると、今度はあろうことかウォーレンを見た。ウォーレンはシルフィードの射るような眼差しに気づいているだろうが、それでも沙良に促すように頷いている。

この三人だけに共通している何か。小さなことかもしれないが、自分の知らない沙良がいると思うだけでも腹立たしい。沙良に関することとなると途端に狭量になってしまう自分に呆れもするが、そう感じてしまうのを止めることはできなかった。

「沙良姫、いったい何のことです」

沙良の意識をこちらに向けるために優しく問いかけると、彼女は懐から小さな袋を取り出した。それは普通に店で使っているようなものだ。

「……」

差し出す沙良を見て、今度はその手のひらにあるものを見る。

「私に、ですか？」

「はい」

いったいなんだろう。落ち着かない感情をなんとか抑え、シルフィードは沙良の手から小さな袋を受け取った。そう重くもなく、大きくもない。

「……」

まったく見当もつかず、シルフィードは中を覗いた。

「……これは……」

「文鎮です」

「文鎮……」

取り出したそれは、紫色の、どうやら鉱物で作られた文鎮だった。確かに色は珍しいが、それ以外これといって変わったものではない。

シルフィードは沙良を見る。その目は期待に輝いていた。

「これは……」

「フィー兄さまの目の色によく似ているでしょう？　とても綺麗だったので、どうしても買いたくなってしまって。ウォーレンが値段の交渉をしてくれたんです」

ほとんどが物々交換の飛鳥の地で育った沙良にとって、金で買い物をすること自体初めてだったのではないだろうか。それを、シルフィードのものを買ってくれるために頑張ってくれた。

（……これほど嬉しい贈りものがあるだろうか）

どんな宝石よりも美しい沙良の気持ちに、シルフィードは貰った文鎮を強く握りしめたまま沙良を抱き寄せる。

「に、兄さま？」

「ありがとうございます。こんなに嬉しい贈り物は初めてもらいました」

思ったことをそのまま口に出して伝えれば、胸の中で沙良が嬉しそうに微笑むのがわかる。素直な彼女の、そのままの表情だ。

差し出された広大な領地や、様々な宝飾、それに女たち。ガーディアル王国の国王になって貢がれたものは数え切れないほどあるが、そんなものはこの文鎮と比べれば何の価値もない。

「さっそく、明日から使いますね」

「はいっ。そうしたら、私もいつでも兄さまの側にいられるように思えます」

「……私も、あなたを感じられるのが嬉しいですよ」

これを買った金はどうしたのかと尋ねると、族長から万が一のためにと渡されたものだと言った。金三十枚は、今の飛鳥族の状況から考えると大金だ。

もしものことなどあるはずがないのに、族長は一体何を心配しているのか。余計な金は沙良に妙な考えを抱かせてしまう恐れもありそうだが、話を聞けば沙良はどうも金の価値がよくわかっていないらしかった。

「フィー兄さま、今度は一緒にお出掛けできませんか？」

「私と行ってくださるんですか？」

「はい。兄さまと一緒に行きたいです」

その言葉が、今日一番の贈り物だ。

「もちろん、一緒に行きましょう。その時は私が沙良姫に外のことを色々教えていただかなくてはなりませんね」

笑って言うと、沙良も嬉しそうに笑みながら頷いてくれた。


着替えるために沙良が由里と部屋に向かうと、シルフィードは残ったウォーレンに町での様子を報告させる。

「……そうか」

（側にいなかったのが惜しいな）

それは沙良が話していた通りで、ずいぶん楽しんだらしい。沙良がどんな物を手にし、誰と話したか。その表情をその場で見ることができなかったのがとても悔しい。ハロルドの小言など一切無視して、沙良と共に出掛ければよかったと思った。

聞くのは忌々しいが、それでも沙良のことでひとつでも知らないことがあるのは許せないので、その会話の内容を後で上げるように言い、シルフィードはウォーレンを下がらせようとした。

だが、ふと思いついて呼び止める。

「ウォーレン、お前は沙良姫をどう思う？」

「……」

「正直に申せ」

半日も共にいて、その気質に触れて、何も思わないというのは信じられない。先ほどのシルフィードの様子を忘れていないらしいウォーレンの表情は硬くなったが、しばらくして顔を上げ、真っ直ぐにシルフィードを見ながら答えた。

「沙良さまは、私にとって王の妃という他はありません」

「それだけか」

「……よい王妃だと、思います」

きっぱりと言い切った男に、シルフィードは目を細める。

「利口だな」

沙良個人の容姿や性格を褒めたら、もしかしたら即座に降格させるどころか理不尽な罰を与えたかもしれない。

しかし、ウォーレンが言ったのは、あくまでもシルフィードの妃としての沙良の評価だ。愚かな判断をしなかったウォーレンの答えに満足し、シルフィードは今度こそ下がるようにと命じた。

# 第八章

沙良との新婚生活は順調だった。

大国の王妃となっても沙良の本質は変わらず、何事に対しても真面目で、誰に対しても素直だ。いつもにこにことしている沙良がいるせいか、不思議と宮殿の中の雰囲気も明るくなったような気がする。

シルフィードの政務が多忙になり、一緒にいる時間が朝夕くらいしかなくなっても文句を言わず、反対にこちらの苦労を気遣ってくれた。少しでも時間があるのなら休んで欲しいと言ってくれるほどだ。

その上、どうやら沙良は自分と宮殿の中にいる者たちとの仲まで取り持とうとしてくれているらしい。

シルフィードは望んでいなかったが、沙良が自主的にしていることを止められなかった。

時間が空き、沙良に誘われて庭を散策していると、沙良が気に入っている花園が見えた。

痩せた飛鳥の地では見たこともないような赤や黄、橙(だいだい)や紫などの様々な色彩の花が溢れんばかりに咲き誇っている。

風に揺れるとよい香りが全身を包み込む。隣では沙良が、幸せそうに微笑んでくれていた。こんなふうに穏やかな時間が過ごせるなど、沙良と会うまでは考えもしなかった。

「ねえ、フィー兄さま、とても綺麗ですよね？」

「あなたの可愛らしさには劣りますけどね」

笑みを含んだ声で言えば、沙良は恥ずかしそうに頬を染める。こんな言葉くらいでこんなにも愛らしい表情を見せてくれるのなら、もっともっと言葉を贈ってやりたい。

しかし、あんまり言って恥ずかしがらせてせっかくのその表情を俯いて隠されるのは惜しいので、シルフィードは話を元に戻した。

「沙良姫が気に入ってくれているのなら嬉しいですよ」

「……一年を通して色々な花が咲くように管理をしてくださっているのですって」

自身の動揺を抑えながら、沙良も話を続けてくれた。

「大変なことですよね？」

「花がないと寂しいでしょう？」

「それって、庭師の皆さんのおかげですよね？」

「……」

会話の中の方向が少しずれてきたのを感じ、シルフィードは足を止めて沙良を見下ろす。

「……庭師があなたに何か失礼なことでもしましたか？」

沙良の気を引くようなことをしでかしたのは何者か。いや、責任はその一人だけではなく、いっそ連帯責任として庭師たち全員に苦役でも科すかと思ったが、沙良はシルフィードの反応に慌てたように首を横に振った。

「違いますっ。私はただ、一生懸命花のお世話をしてくださっているのが嬉しくて、とても感謝しているんですっ」

「……感謝？」

沙良がそんなものを考える必要などない。庭師が庭の世話をするのは仕事だし、今回は沙良を喜ばせるという重要な任務もあったので、それに見合う十二分な対価は払っている。

しかし、沙良はしてくれていることそのものを感謝するべきだと考えているらしい。沙良らしいと言えばそうだが、シルフィードは懸命に訴えてくる沙良の表情こそ可愛らしいと思って見つめた。

「だから、声を掛けていただきたくて」

「声ですか」

「兄さまはいつもお忙しいから、宮殿の中の方々と会話をすることも少ないでしょう？こんなに大勢の方と一緒に暮らしていらっしゃるのに、それではとても寂しいのではないですか？」

いや、まったくそんな感情はない。

今こそシルフィードに仕え、世話をしている者たちも、支配者が変わればその相手にまた仕えるだけだ。そこに、相手に対する敬愛の感情でもあれば別だろうが、恐怖政治のような手段で支配しているのを自覚しているシルフィードは、人から好意を持って見られているなど考えたこともない。

沙良に対しても、弟の命を引き換えにしてこちらの申し出を断ることなどできないように道を塞いだ。どうしても欲しくて、だけど嫌われたくなくて、長い長い年月を掛けて手に入れたのが沙良だ。

幸いにして、とても優しく素直な心根の沙良は、卑怯な取引を申し出たシルフィードを恨むこともせず、こうして側にいてくれる。

唯一、無償の愛情を注いでくれると思えるのは沙良だけなのだ。

今さら自分が庭師に声を掛けたところで恐れられるだけだと思ったが、せっかく沙良が仲を取り持とうと懸命になっているのだ。彼女の気持ちを無視することなんてできない。

シルフィードは沙良を促し、花園の中の小道を歩く。すると、数人いた庭師たちがいっせいにその場に跪いた。

「……」

沙良の期待するような熱い眼差しを頬に感じ、シルフィードは苦笑を浮かべたのち、言った。

「綺麗な花だな」

「……」

それだけ？　と、沙良は思っているかもしれないが、庭師たちの驚きは予想以上のものだった。ある者は反射的に顔を上げ、ある者は肩を震わせた。声にならないざわついた空気に沙良は不安になったようだが、庭師の中でも年長の男がさらに頭を深く下げ、感極まったように告げる。

「ありがとうございます……っ」

労ったわけでも、手腕を褒めたわけでもないのに、たった一言の感想だけでこんなふうに言われるとは。今までどれだけ自分は感情のない人間と思われていたのだろうかと考えるが、別にそれを悲しいとも悔しいとも思わなかった。

だが、こうして庭師たちの満足そうな、誇らしげな様子を見れば、シルフィードが求めている以上の責任感を持って仕事をしているのだろうというのがわかる。それを認めるだけでこんなにも向こうから距離を縮めてくるとは考えもしなかったが。自身の胸の中に生まれた不可思議な、だが、確かに温かな感情。

それがどう育つのか、それとも今だけのものなのかはわからないが、自分がこう感じたというだけでも驚くべき変化だ。

「フィー兄さま」

沙良に名前を呼ばれ、シルフィードは我に返った。今は沙良のことだけを考えればいい。

「ゆっくり花を見ましょうか？　沙良姫が知っている花があれば教えてください」

庭師たちの前を通り抜ける際も、今までの畏怖(いふ)だけとは違う視線を感じ取ってしまい、人間とは単純だなと思いながら沙良の肩を抱き寄せた。見上げてくる沙良は、とても綺麗な笑顔を向けてくれる。

沙良が喜ぶのなら、少々己の主義を変更してもいい。

シルフィードがそう考えたのはすぐだった。

「ああ、ありがとう」

「……っ」

食事の給仕にそう言葉を掛けた時、激しい動揺からスープが零れてしまった。真っ青になった給仕と召使いたちが後始末をして平身低頭謝罪したが、それも、

「気にしないでいい」

と、一言ですますと、さらに驚かれてしまった。

しかし、それが数日続くと、明らかに宮殿内の空気が変わってきたのを肌で感じる。今までは張り詰めた、《冷たい箱》というだけだった場所が、《人間の住む家》になってきたのだ。

そう感じたのは気のせいではなかったらしく、午後三時の茶を執務室まで運んでくれた沙良が、本当に嬉しそうに報告をしてくれた。

「フィー兄さま、皆が兄さまのこと、本当はお優しい方だって」

嘘でしょうと言いたいのを抑え、シルフィードは苦笑を浮かべる。

「そうですか。でも、そう見えるのなら沙良姫のおかげですよ」

「私の？」

「あなたに笑っていて欲しいから、周りにも優しくなれるのです」

笑みながらそう言うと、沙良は顔を真っ赤にして俯く。本人は冗談だと思っているかもしれないが、今シルフィードが言ったことは事実だ。沙良にとってここが居心地の良い場所であるためなら、どんな仮面でも被ることができる。

偽ることができても、人の本質は変わらない。それをわかっているのは、きっと常に側にいるハロルドくらいかもしれない。


沙良との関係はこの上もなくうまくいっていたが、問題がまったくなくなったわけではなかった。

「シルフィードさま」

「……」

その一つが、甘い声で自分の名を呼ぶ沙良の姉、理沙の存在だ。

以前、ラドクリフとの関係を匂わしたことで標的が変わったかと思っていたが、それ以降も何かと関わってこようとする。

「……姉さま」

シルフィードが二人きりの時は冷たくあしらうと学習したのか、それは狡猾にも沙良と共にいる時を狙ったかのようなものになってきた。

「どこにお出掛けですの？」

「……」

「沙良」

「あの、町まで一緒に……」

「それでしたら、私もご一緒していいでしょう？　シルフィードさまならお詳しいでしょうし」

沙良が隣にいるというのに、理沙はシルフィードの腕をとり、わざとそれを胸に押し当てるようにしながら上目遣いで話しかけてくる。王妃の沙良を前にした堂々としたその素振りに、シルフィードは内心の蔑みをできるだけ出さないようにしながら理沙の手を離した。

「飛鳥族の姫お二方となると、護衛も増やさねばなりません。今回はその準備をしていないのでご遠慮いただきた……」

「フィー兄さま、私も我慢します」

「沙良姫」

理沙だけ排除すれば何の問題もない。あんなに楽しみにしていた外出をこんな理不尽なことで諦めるのかと思うが、沙良の中には《理沙を置いていく》という選択肢はないらしい。

「……いいのですか？」

「フィー兄さまにもごゆっくりしていただきたいし。今日は宮殿の中にいましょう？」

そう言った沙良の言葉に便乗するように理沙まで付いてくるのには辟易したが、さすがに沙良の前で排除することはできない。理沙もそのことを知った上で行動するので、小さな苛立ちは徐々に積もっていった。

浅はかな理沙の考えは手に取るようにわかる。

弟のための援助や医者の手配をしたシルフィードに、まるで売られるようにして嫁いだ沙良。孤高を謳う飛鳥族の姫にとって、それはとても屈辱的で、恥だと考えなければならなかった行動だった。

しかし、物見遊山でやってきた婚儀は豪華で、大国ガーディアル王国の王妃として崇められる沙良が思った以上に裕福に暮らしているのを自身の目で見て、どうしようもなく妬ましく思ったのだろう。

以前は飛鳥の名前を継ぐ者として我儘のし放題だったが、弟が生まれたせいで世継ではなくなったため居場所もない。それならば、飛鳥族の第一姫である己の方こそガーディアル王国の王妃に相応しいとそのまま滞在を続け、シルフィードにも言い寄る。

そのシルフィードがまったくなびく様子もないので、自分を慕う沙良にあたるという悪循環。

沙良自身も、理沙の行動には戸惑っているのだ。彼女が一言言えばシルフィードはすぐにでも行動できるのに、何を遠慮することがあるのか。

「沙良姫」

明るい表情の中にも時折見える影が気になり、身体を重ねて忘我の海を漂っている時に沙良に囁いた。

「そろそろ、理沙殿にお帰りいただきましょうか」

「……」

ぼんやりとした眼差しがこちらに向けられる。

「もう、十分楽しんでいただいたと思いますよ?」

まだ熱い肌に唇を寄せながら、唆すように笑みを浮かべた。

しかし、すぐに頷いてくれると思った沙良は、少しして小さく首を横に振る。

「沙良姫」

「フィー兄さまが許してくださるなら……姉さまが満足なさるまで、滞在を許してくださ い」

「……そうですか」

本当に腹立たしい。それは沙良に対してではなく、そう言うだろうと沙良の性格を読んで行動する理沙が、だ。

ますます表だって帰国を促すことができなくなってしまい、理沙はさらに大胆にシルフィードを誘惑しようとする。

いい加減目ざわりに感じてきたシルフィードはハロルドに命じた。

「理沙殿を?」

「そうだ」

「……北の海運王は女関係が派手なお方です。そのような方に飛鳥族の姫を差し出すのですか?」

「珍しい女を欲しいと言っていたからな。恩を売れる」

「飛鳥にお帰りになるよう、勧められた方がよろしいのではありませんか」

飛鳥族との今後の付き合いを考えればハロルドの言葉の方が正しいとは思うが、今まで沙良に対してとった理沙の態度はとても許せるものではない。もしも、強制的に飛鳥の地に帰したとしても、あの女は絶対に沙良にとって悪い種になるだろう。

綺麗な沙良の心の中に、あんな女の醜い種が根付いてしまうのは許さない。それならば遠く、二度と会えない地へと放りだすのは当たり前の処置だと思った。

「構わない。向こうに連絡を取れ」

「……わかりました」

今は沙良が理沙を気遣い、なかなかゆっくりとした時間を過ごすことができない。沙良が望むよう、宮殿の中の者とも僅かな交流を持つようにしているが、そんな時間さえもったいなくてたまらない。

(……この機会に、ラドクリフのことも片付けようか)

今はおとなしくしているが、この先あの男もこの国にとっての悪腫になる。

血に縋った父とは違い、シルフィードは自身の愛する者だけが側にいればいい。余計なものは、自分と沙良には必要ないのだ。

◇◇◇◇

沙良は大きな溜め息をついた。

「姉さまは……フィー兄さまがお好きなのかしら……」

シルフィードは相変わらず、とても優しく接してくれる。深く愛されているのも実感していた。忙しい彼と一緒にいる時間はなかなかとれなくて、それでもその合間を割いて会いに来てくれるのがとても嬉しかった。

しかし、最近その貴重な時間に、姉の理沙が頻繁に割って入ってくるようになった。いや、こんな考え方をしてしまう自分が嫌だ。

(姉さまは、私がフィー兄さまとちゃんと夫婦としてやっていけるかを心配してくれているだけ……)

沙良のことを考えての行動だと思いたいのに、凛々しいシルフィードと華やかな理沙が並んでいるとあまりに似合っていて、どうしても一歩引いてしまう。

昨夜なども、

『シルフィードさまのお背中を流してさしあげようかしら』

そう言って部屋を出てしまい、一瞬沙良は固まってしまった。

慌てて後を追って部屋を出ると、理沙はすぐ前で立ち止まってこちらを見ていて、焦っている沙良の顔を見て声を出して笑っていた。そこでようやく、からかわれていたのだとわかったが、実際にシルフィードのもとに行かないのだと思うと、怒りを感じるよりも先に深く安心してしまったのだ。

しかし、悩んだ沙良は思い切ってシルフィードの風呂に押し掛け、背中を流して——その後は、散々翻弄されてしまったが。

シルフィードは沙良の行動を諌めず、反対に上機嫌になったが、どうして背中を洗うことを思い当たったのかと聞かれてしまい、夢現（ゆめうつつ）の中理沙のことを言った。

怒ってはいなかったと思うが、少し彼の纏っている空気が冷たくなったような気がした。

「……はぁ」

「沙良？」

もう一度大きな溜め息をつくと、後ろからポンと肩を叩かれて驚く。そういえば、由里がいたのだ。

「疲れたの？」

「う、ううん、大丈夫」

シルフィードと何度か夜を一緒に過ごしたせいか、体力の回復は当初よりも随分早くなった。それは、彼がとても丁寧に、優しく抱いてくれているからだということも十分わかっている。

シルフィードに抱かれ、それまではどこか肉親に対するような情愛だったものも、ちゃんと一人の男性に対する愛情へと変わった。だからこそ、理沙のシルフィードに対する態度に、どうしてもモヤモヤとしたものが消せないのだ。

「ねえ、由里」

「なに？」

「……姉さまって……」

「理沙さま？　理沙さまに何か言われたの？」

元々、理沙に対して厳しい感情を持っている由里は、沙良の言葉に被せるように聞いてくる。はじめから臨戦態勢だが、これだけ自分のことを心配してくれる由里の気持ちが弱った心には嬉しかった。

「言われたっていうか……姉さまは、フィー兄さまのことがお好きなのかしら？」

思い切って尋ねると、由里は一瞬驚いたもののすぐに眉を顰めたまま言った。

「そんなことはないと思うわ。どちらかというと、理沙さまはレイガル王を嫌っていたし……多分、妬(や)いているのよ、あなたに」

「私に？」

「ええ」

とても信じられなくて、沙良は咄嗟に首を横に振る。子供のころから理沙は頭が良かったし、堂々として、綺麗だった。飛鳥族のことも、父と一緒に考えていたはずだ。

由里や他の幼友達と駆けまわって遊んでいた自分とはまるで違う有能な姉が、自分のことを妬むなんて考えられなかった。

だが、それが自分に対してではなく、ガーディアル王国の王妃に対してではどうか。

幸運なことに、沙良はシルフィードに乞われて嫁ぐことになったが、何のとりえもない自分が大国の王妃となることに面白くない感情を抱くのはわかる気もする。

「私……」

「あなたは何も考えることはないわ。理沙さまが抱いているのはとんでもなく理不尽な思いからだし、今さら何を言ってもレイガル王があなたを妃にしたことは事実なんだもの。でんと構えていたらいいのよ」

「……」

「可哀想だとか、自分がいなかったらなんて同情したら駄目よ？　レイガル王が望まれたのはあなたで、理沙さまではないの」

きっぱりと言い切り、由里は笑ってくれた。言い難いことだろうにはっきりと言葉にしてもらい、沙良は情けないがホッと安堵できた。自分の考えだけでなく、誰かにそう言ってもらったことが大きな自信になる。

「……うん」

理沙のシルフィードに対する行動はやっぱり気になるし、それを面と向かって指摘するにはもう少し勇気が足りないが、それでもなんとか頑張ろうと思えた。


それから数日は、何事もなく過ぎた。

相変わらずシルフィードは忙しく、沙良は理沙の気ままな行動に振り回される。

それでも、最近は言葉数が少ないながらもシルフィードの方から宮殿にいる者たちに声を掛けるようになったせいか、周りの雰囲気は良くなってきた。

夕食時、理沙がシルフィードに話しかける前までは。

「シルフィードさま、後で少しお時間をいただけないでしょうか？　父や弟のことで相談があるのですけど」

唐突な理沙の言葉に、沙良は二人に何かあったのかと心配になって思わず尋ねた。

「姉さま、父さまたちに何かあったの？」

しかし、沙良に向ける理沙の言葉は素っ気ない。

「あなたは何も考えなくてもいいわ。何かできるわけでもないでしょう」

「……」

「シルフィードさま」

重ねて言った理沙に、沙良もシルフィードに視線を向ける。すると、彼は沙良に向けて優しく目を細めた後穏やかに言った。

「ちょうどいい。私も理沙殿に話があったのです。後で二人で話をしましょう」

「ええっ」

「……」

（フィー兄さま……）

まさか、シルフィードの口から理沙と二人でという言葉が出るとは思わなかった。飛鳥族に関係する話なら、当然のように沙良の同席を許してくれると思ったからだ。

呆然とする沙良とは対照的に、理沙は満足げに笑いかけてくる。

「ごめんなさい、沙良。シルフィードさまをお借りするわね」

「……姉さま、借りるなんておっしゃらないでください。フィー兄さまは物ではありません」

反射的に言い返してしまったのは意地かもしれない。しかし、理沙は意に反した様子もなく肩をすくめる。

「怖いわね。王妃たるもの、もう少し余裕を持ちなさい」

本当は、そう思わないといけないのだろうか。

「沙良姫、ありがとうございます。確かに私は人間ですから、そんな言い方をされるのは不本意ですね」

すぐにそう言ってくれたシルフィードの気持ちに安堵したが、先に言った《二人で》という言葉を訂正してはくれなかった。

シルフィードはどんな時も沙良に不安を抱かせないように行動してくれるのに、どうして今日に限ってはこんなことを言うのだろうか。知らぬ間に、自分が何かしてしまったのではないかとも思ったが、それを改めてシルフィードに尋ねる時間はなかった。

シルフィードは、食事の後緊急の所用で執務室に向かってしまったからだ。

残された沙良は居たたまれずに立ち上がる。

「沙良」

その背中に声が掛かり、無視することもできずに立ち止まると、席を立った理沙が近づいてきて沙良の顔を覗き込みながら言った。

「こみいった話をするかもしれないし、今夜は一人で眠りなさいね」

「……」

「さあ、湯浴びをして肌を磨かなくてはね」

──何もあるはずがない。

疑うのは、シルフィードに対して失礼だ。

何度もそう言い聞かせた沙良だったが、落ちつかなくて部屋の中をウロウロと歩きながら考える。

由里も、シルフィードと理沙が約束するのを目の前で見てしまい、どう沙良を慰めていいのかわからないようだ。落ち着かない二人は顔を見合わせるごとに溜め息をつき、また部屋の中を歩き回る。

「きっと、帰国する日時の相談よ」

「……そうかなぁ」

「そうよ」

だが、それならばその場に自分がいてもいいのではないか。

今にもそう口をついて出そうになるが、せっかく沙良のことを思って言ってくれる由里を追い詰めるようなことはしたくない。

湯浴びを終えた沙良は、いつものシルフィードの部屋ではなく、自分に宛てがわれた部屋へと戻った。家具も小物もすべて沙良の好みのもので揃えてくれ、この宮殿の中でも居心地が良い場所なのに、今日はどこにいていいのかわからない。

「……沙良」

「今日はもう休んでいいわ。ありがとう、由里」

「でも……」

「大丈夫」

もう一度言うと、由里は躊躇いながらも部屋から出た。本当はシルフィードが呼んでくれるまで……いや、いつ呼ばれるかもわからず、もしかしたら今日は隣のシルフィードの部屋に行くことはないかもしれないのに彼女を引きとめておくのは申し訳なかった。せめて由里と一緒にいれば気も紛らわせることができるのではないかと思ったのだが。

沙良は扉を見つめる。隣のシルフィードの部屋と通じる扉だ。絶対に鍵は掛けないと言っていたが、今夜は、もしかしたら沙良が入れないように、鍵が閉まっているのではないだろうか。

「……」

沙良は扉の前まで歩み寄る。

（フィー兄さま……）

今頃、理沙と何の話をしているのだろう。

ここを開ければ、自分のくだらない妄想はあっさりと打ち消されるかもしれないが、それを自分の目で確かめるのは怖い。

（私は……）

こんな気持ちは初めてだ。

ここに来たはじめの頃はただ、純粋にシルフィードを慕い、ガーディアル王国の王妃としてできるかぎり一生懸命努めようと思っていた。

しかし、シルフィードの深い愛情に触れ、身体を重ねた今、沙良はシルフィードを確かに愛している。誰にでも好かれる王になって欲しいという気持ちとは裏腹に、自分一人だけのシルフィードでいて欲しいとも思うほどに、だ。

こんなにも自分の気持ちが混乱しているのは、抱いてしまった疑惑を強く打ち消すことができないからだ。

普段のシルフィードの様子から考えても、沙良が望めば部屋に入ることを拒否するとは考えにくい。

だが、理沙から話を持ちかけられた時に沙良を誘わなかったということは、シルフィード自身も理沙と二人での会話を望んでいたのではないかとも思えた。

(兄さまを信じないなんて……)

シルフィードを疑うなんて後ろめたくてしかたがないのに、それでも不安に思う気持ちをどうすればいいのだろう。

「……」

扉の向こうで、今何が行われているのか気になってしかたがない。

沙良は唇を嚙みしめた。シルフィードが知らなくてもいいと思うのなら、そうしておけばいい。目の前のたった一枚の扉を開かなければ、何もこの目に映すこともない。

そう思うのに、どうしても震える手は持ち上がる。

沙良は躊躇いながら——扉の取っ手に手を伸ばした。

◆◆◆◆

扉がノックされ、シルフィードはゆっくりと歩み寄った。開くとそこには、夜着に身を包んだ理沙が立っている。

「こんばんは」

「理沙殿」

夜、夫でも恋人でもない男の部屋を訪ねるのに、こんな恰好で来るというのはどういうことか。シルフィードの言葉を自分の都合のいいように解釈しているとしか思えないが、今はそれをわざわざ否定しなかった。

我ながらひねくれ者だと思うものの、相手の気持ちが高揚していればいるほど、それが地に落ちる様はとても滑稽で楽しいはずだ。矜持の強い理沙のそれが折れるのを見るのは、どれほど優越を感じるか。

「どうぞ」

理沙を促し、卓の椅子に誘う。彼女はわざとシルフィードの腕に一度手を触れてから、椅子に腰を下ろした。

シルフィードもその向かいに腰を下ろし、用意させてあった茶を注ぐ。酒でないことに不満げな顔をした理沙だったが、すぐに卓に片腕をつき、その上に胸を乗せて強調しながら艶やかな笑みを浮かべた。

明らかに、シルフィードが言った言葉をただの誘い文句だと思っているようだ。

だが、沙良以外の女と長時間共にいたくなくて、シルフィードは早速切り出した。

「ますはあなたの話から聞きましょうか。族長や皓史殿のことと言われていましたが？」

「あ……それは」

まさか、本当にそう聞かれると思わなかったのか、理沙は目を泳がす。

「シルフィードさまからの援助にとても感謝していて……あの」

「感謝の言葉を伝えたかっただけですか？」

「……もっと他のお話をしません？」

理沙はそう言って立ち上がると、シルフィードの後ろに回った。椅子越しに抱きしめられ、背中に胸を押し付けられる。

「まだ子供の沙良に、あなたのような方を満足させられるとは思えませんわ」

「……」

「大国の王なら、何人もの妾妃を置くのは当然のこと。その中で、よりあなたに相応しい者が現れたなら、王妃を替えるということもよくあることでしょう？」

シルフィードの横顔に、強い香水をまとった理沙が頬を付けてきた。

シルフィードが何も言わず、動くこともしないと、今度は片手をとって自身の胸元へと差し入れる。柔らかく、豊かな乳房が手のひらに当たった。

「私も飛鳥の女、それも第一姫です。ガーディアル王国の国王であるあなたに相応しいはずでしょう？」

拒まれることなどまったく考えていないその言葉に、シルフィードは凍えるような眼差しを向けた。

「触るな」

「え？」

「お前のような女を妃に迎えるつもりはない」

「……っ」

シルフィードは理沙の手を払いのける。その際、勢いがついて薄い夜着が裂け、乳房が露わになった。爪が当たって女の肌に傷がついたのが見えたが、その心配よりもます自分の爪先についた汚い血を拭うために目の前の布で拭う。

その一連の動作を、シルフィードは淡々と行った。

「ど、どうして……？」

シルフィードの言葉も態度も、理沙の想像もしていないものだったらしく、混乱した顔は青ざめている。それほど衝撃を受けたという方が不思議だ。

（嫌われていないとでも思っていたのか）

「今まで気づかなかったか。私が滞在の許可を与えたのは、お前が沙良の姉だからだ。それ以外の理由はない」

「シルフィード、さま……」

「醜いお前を沙良の側には置いておけぬ。明日、この宮殿から出てもらう手筈は整った。おとなしく沙良に別れの言葉を言うのだな」

打診をしていた海運王は、飛鳥族の姫が手に入ると喜んでやってくるそうだ。歳は五十に手が届くほどだが、この女が欲しがっている金はある。ただし、嗜虐趣味もあるという男の相手をして、無傷なままでいられるはずもないが。

「お、お父さまに言うわ！　あなたがこんな酷い男だったなんて！」

「族長がどちらの言葉を信じるだろうな」

親子の情が厚いとはいえ、一族の長たる者だ。シルフィードに逆らい、今ようやく潤ってきた援助や息子の医師からも手を引かれたらどうなるか、それくらいの計算はできる男だろう。

反対にそうでなければ、希少な存在である一族を今後も存続させることなどできない。

自信に満ちたシルフィードの言葉に、理沙は急激に不安になったらしい。露わになった胸も隠さずに、いきなり隣の部屋に続く扉に向かおうとした。

「沙良にすべて言うわ！」

扉に鍵は掛けていない。

しかし、シルフィードは動かなかった。

理沙が沙良に今のシルフィードの言葉を伝えても、彼女がそれを無条件に信じるとは思わないからだ。

むしろ、こんな情けない恰好をした姉を見て、沙良の姉妹愛を消滅させたい。

冷笑を浮かべながら理沙の行動を見ていたシルフィードだったが、その手が扉に伸びる直前、思いがけず向こうから扉が開いた。

「！」

そこには、沙良が立っていた。夜着に身を包んでいた沙良は、突然目の前に服を乱した姉の姿を見つけて驚いている。

「姉さま？」

「沙良！」

味方が現れたとでも思ったのか、理沙は叫ぶように沙良に訴えた。

「あの男に乱暴されそうになったの！　妻の姉だというのに、こんなに酷い真似をされたのよっ？　沙良、あなたはあの男に騙されてるわ！」

信じるはずはない。そう自信を持って思っていたのに、いざ沙良がその場に現れると内心動揺してしまった。

（どうして沙良が……）

扉に鍵は掛けていなかったが、それはあくまでも理沙を誘導するためで、沙良の方からこちら側に来ることは考えていなかった。食堂での会話を沙良が気にしているのはわかったが、それでも、沙良は自分を信じてくれていて自らこちら側にやってこようとするほどだとは思わなかった。

慎み深い沙良が自分で扉を開けようと思いきるほど、本当はシルフィードを疑っているのだろうか。

「沙良っ」

沙良はしがみついてくる理沙をしばらく無言で見た後、顔を上げてシルフィードの方に視線を向ける。

「……沙良姫……」

「フィー兄さま、姉さまに謝罪してください」

「……っ」

「姉さまを、このような姿のままでいさせたことを……謝ってください」

理沙の顔がいやらしく歪む。沙良が自分の味方になったことで笑いたくなったようだ。

沙良に信じてもらえているというのは幻想だったのか。

こんな女に謝罪などしたくない。だが、沙良の真っ直ぐな眼差しに否定の言葉を言うことはできなかった。

「……すみません」

いつもより数段低い声で告げると、沙良は今度は理沙を振り返る。

「姉さまも、フィー兄さまに謝ってください」

「どうして私が謝らなければならないのっ？　この男は私を……っ」

「いいえ、姉さま」

沙良は自身の肩にかけていた布を理沙の夜着の裂けた部分を隠すように掛けてやると、シルフィードの前に立ってそのまま理沙と向き合う形になった。

小柄な沙良の背にシルフィードが隠れるはずがないのに、まるで守るように立ち塞がってくれている。

「フィー兄さまは、女性を襲うような方ではありません」

「そんなのっ、現に私はこうして夜着を裂かれてしまったのよっ？」

「それでもっ……それでも、私は兄さまを信じています。兄さまは優しい方です。意味もなく乱暴なことをするなんて、絶対にありませんっ」

沙良の背中は緊張に強張り、声は震えていた。

誰が見ても男を責めるような状況で、沙良はちゃんとシルフィード、理沙の両方の非を見て、謝罪をさせた。そのうえで、シルフィードを信じると言ってくれたのだ。

当初考えていたよりも凛々しい沙良の姿勢に、シルフィードは思わず後ろからその身体を抱きしめてしまった。

「ありがとうございます……」

こんな姉でも慕っていた沙良は、今言った言葉を口にするだけでもつらいことだっただろう。シルフィードのためにそのつらさを乗り越えてくれたことが嬉しい。

「……沙良！」

悲鳴のような声で呼ばれても、沙良はその場から動こうとしなかった。

反対に、沙良を抱きしめたことで落ち着いたシルフィードは、興奮する理沙に向かって淡々と告げる。

「理沙殿、今夜あなたが私になさったことは、族長には言わないでおきましょう。ですが、これ以上あなたをここに留め置くことはできません。明日、我が国から出ていただきます」

そこまで言った時、あらかじめ待機させていたハロルドを呼んだ。

「ハロルド、理沙殿を部屋に」

「はい」

「待ってっ！　私はそんなこと承知していないわ！」

「理沙殿、どうぞ」

ハロルドは慇懃無礼に、それでも半ば強引に理沙を部屋から連れ出す。

まだ理沙のつけていたきつい香水の香りがしたので窓を開けたシルフィードは、しばしの間振り向くことができなかった。

不味いことは言っていないつもりだが、今の態度を沙良はどう思っただろうか。

理沙に乱暴をしなかったことは信じてくれても、とても縁戚になった相手に対してとるような態度ではなかったと、心のどこかで驚き、軽蔑しているのではないか。

だが、いつまでも考えたまま動かないわけにもいかず、シルフィードはゆっくりと振り返る。

「！」

その目に、俯きながら肩を震わせる沙良が映った。

「沙良姫っ」

大股に近づいたシルフィードはすぐに沙良を抱きしめる。胸に当たる息が熱い。泣いているのだ。

「沙良姫、すみません。あなたの姉上にあんな失礼なことを言ってしまって……っ」

悲しみの涙など流させたくなくて、シルフィードはすぐにそう謝罪した。

沙良の気持ちを確かめたいなどと安易に考え、扉の鍵を開けたままあんな場面を見せてしまった。こんなにも動揺させてしまうとわかっていたら沙良に内密で処理をしたのに、どうして馬鹿なことを考えてしまったのか。

「沙良姫、沙良姫、泣かないでください」

華奢な身体を抱きしめて掻き口説くと、ようやく沙良が小さな声で答えてくれた。

「ち……がい、ます」

「え？」

本当に小さな声なので、シルフィードは一言も漏らさないように神経を集中させる。

「……自分が、恥ずかしくて……」

沙良の手が、シルフィードの背に回った。しがみつくように抱きしめてくれるのが、こんなにも嬉しいとは思ってもみなかった。

「フィー兄さまが、私より、姉さまを、って……。信じていたのに、どうしても、気になってしまって……」

だから、つい扉を開けてしまったのだと、沙良は必死に答えてくれた。

シルフィードの卑しい企みなどとは比べものにならない、純粋な嫉妬。それを恥じいる沙良を責めることなどできるはずがない。

「信じてくださって、嬉しいですよ」

「……っ」

「私はあなただけ、沙良姫だけを愛しています。他の女性など、まったく目に入らないほど愛おしいのはあなただけですから」

（どうか、私だけを愛して欲しい――）

当初の予定とは少し変わってしまったが、沙良の気持ちがこれで完全に自分にあるとわかり、シルフィードは心から安堵する。

これで理沙の件を処理することになんの躊躇いもなくなった。本人がどんなに泣き叫ぼうとも、明日迎えに来るはずの男の船にさっさと乗せ、いっさいの連絡を断たせる。

本人の望み通り、飛鳥の地から離れることができるのだ、満足だろう。

シルフィードはこれから先の沙良との生活を夢見ていたが、闇に潜む手はすぐそこに迫っていた。

# 第九章

前夜、気が昂(たかぶ)っていた沙良に葡萄酒を飲ませ、ゆっくり休むようにと囁きながら抱きしめて眠った。

その酒の中には眠り薬を入れてあったので、翌朝シルフィードが目覚めた時にはまだ沙良は深い眠りの中で、その間シルフィードはしなければならないことを進めた。

「……」

屈強な衛兵に両脇を固められた理沙の顔色は青というよりも真っ白に血の気が引いている。服は結婚式に着ていた飛鳥族の衣装だ。

こうすればまだ、外見だけは淑やかに見えるなと思いながら、シルフィードは椅子から立ち上がって淡々と告げた。

「あなたのお望みどおり、たくさんの金を持ったお相手をご紹介しますので、あなたはあなたに相応しい幸せに甘んじてください」

昨夜のシルフィードの様子からもっと厳しい事態を想像していたであろう理沙は、その言葉に驚いたように目を瞠った。

「どういう、こと？」

「飛鳥の姫というあなたの立場と、その身体だけが目的の人物とわざわざ引き合わせてさしあげると言ったのです」

さすがに理沙もシルフィードの言葉の中に自分に対する蔑みを感じたのか、瞬時に顔を真っ赤に染めた。

矜持の高い理沙にとって、その人格をいっさい否定された状況で生きていくのは死ぬよりもつらいことだろう。

「そんなことっ、受け入れるわけがないでしょう！」

「なぜ？　あなたはそれを望んでいたのでしょう？　相手が私から別の方に変わっただけのこと。それに」

シルフィードは冷めた目で理沙を見下ろした。

「あなたに拒否する権利などありません」

沙良を蔑ろにし、傷つけた。いくら姉妹だとしても、沙良自身が許したとしても、シルフィードは二度と二人を会わせるつもりはない。

「すでに、海運王サイモンがいらっしゃっています。このままあなたを引き渡すので、どうか元気でお過ごしください」

心にも思っていない言葉だ。理沙もそれを感じ、必死に叫んだ。

「何を言っているのっ？　私は飛鳥に帰ります！　父にも今回のことを言いつけてやる

わ！」

子供じみた罵声に、シルフィードはうっすらと笑みを浮かべる。

「族長には私の方から連絡をしておきます。あなたが望んだので、富のある方をご紹介したと。二度と飛鳥の地には戻らないとおっしゃっていたとも伝えましょう」

「馬鹿なことを！」

「それがあなたの望みだったのではありませんか？　慎ましやかながらも高潔な倭族の血統など関係なく、ただ己が楽をしたい、楽しみたいと。相手が私ではなくなっただけのこと。お相手まで探したのですから、礼を言っていただきたいものですね」

飛鳥の族長は、シルフィードの言葉をそのまま信じないかもしれない。しかし、理沙がどういう気性の娘かは、父親である彼も良く知っているはずだ。

今後の飛鳥族への援助と、沙良に対する偽りのない愛情。それと引き換えに、我儘な娘の手を離すことは苦渋の決断だろうが、それしか方法はなかったということもまた、思い知ることだろう。

「サイモンに気にいられれば、あなたの望む贅沢は得られます。ただし、あの方は次々と新しい者へと目移りをしますから、相当の努力をしなければいけないでしょうね」

たとえサイモンが理沙に飽きたとしても、彼女を二度とガーディアル王国や飛鳥の地に足を踏み入れさせないようにすることは書面で交わしている。サイモンも、シルフィードを裏切ればどんなことになるのか、今までの付き合いから知っているので、その約束は破られないはずだ。

「それでは、義姉上、お幸せに」

「シルフィードさまっ、お願いっ、嫌なの！」

泣き喚く理沙が引きずられるように執務室から出ていくと、そこはいつものように静寂が支配する空間になった。

ようやく空気の悪いものが目の前から消え、シルフィードは控えていたハロルドを見る。

「ご苦労だった」

「……いえ」

「後は、兄上だな」

シルフィードはそのまま部屋に戻った。

寝台を覗き込むと、沙良はまだ眠っている。頬に残った涙の痕が痛ましくてそっと唇を寄せると、僅かな応えの声が上がった。

「……沙良姫？」

身体に影響がないようにできるだけ最小限の薬を使ったため、そろそろ目覚める時間になったらしい。

震える瞼を見、綺麗な黒い瞳が現れるのをずっと待っていたシルフィードは、やがてゆっくりと目を開いた沙良の顔を覗き込んだ。

「……」

「沙良姫」

「……に、さま？」

「おはようございます」

目を細めながら言うと、ようやく意識が浮上したらしい。しばらくはパチパチと瞬きをしていたが、沙良はハッと身体を起こした。危うく額がぶつかりそうになったが、軽く身体を引いてそれを避けると、子供っぽく髪がクシャクシャになった沙良を見つめてシルフィードは思わず笑みを零す。

「気分はどうですか？」

「……え？」

「酒が残っていませんか？」

シルフィードは薬の影響を心配したが、沙良は少し首を傾げた後頷いた。

「大丈夫、です」

「よかった」

寝台に腰かけたシルフィードは、そのまま沙良を抱きしめようと手を伸ばしかけて——止める。

昨日のことで、沙良が万が一この手を拒むようなことがあったら。そう考えてしまうと無意識に手が止まってしまったのだ。

しかし、

「……っ」

敷布を握りしめるシルフィードの手に沙良が自身の手を重ね、キュッと握りしめてくれた。

「……昨日は、姉さまがごめんなさい」

「沙良姫」

「……でも、あの……何があったのか、話していただけませんか?」

沙良が部屋にやってきた時点で何があったのか、まだきちんと説明しないままだった。信じるとは言ってくれても、心のどこかにある疑いという芽は摘みきれていないのかもしれない。

その沙良の気持ちは十分わかるので、シルフィードは自分からも沙良の手を握り返すと、事実だけを告げることにした。

理沙が事あるごとに迫ってきたこと。

沙良のことを、王妃としては未熟だと笑ったこと。

妾妃でもいいから自分をシルフィードの妃にしてくれないかと言ったこと。

迫られたのを拒んだ時に、勢いで夜着が裂けてしまったこと。

沙良は眉間に皺を寄せ、昂りそうになる感情を堪えるように唇を噛みしめていたが、シルフィードの言葉を遮ることなく最後まで聞いてくれた。

沙良の様子から、理沙との間に何かがあったなどと疑ってはいないのはわかった。それでも、そこまでに至った事実をすべて知っておきたかったという感じだった。

些細な変化も見逃さないようにしながら、シルフィードはさらに付け加えた。

「先ほど、理沙殿は我が国を出ました」

「え……飛鳥に帰ったのですか？」

「いいえ。あの方は飛鳥の地に留まることを望んでおられなかったようなので、私の知り合いの方に預けることにしました。その方は理沙殿とは少し歳が離れていますが、とても心が広く、裕福な方です。きっと、理沙殿も幸せに暮らせると思いますよ」

その言葉に、沙良は驚いたように目を丸くする。表情豊かな沙良を見ているだけで、とても気持ちが優しくなれた。

「本当に、姉さまは……」

「落ち着いたら、きっと連絡がありますよ。それまでそっとしておいてあげましょう」

一度に与えられた情報を処理することはなかなか難しいようで、沙良はただ黙ってシルフィードを見上げてきた。

シルフィードも、己の潔白と真摯さを証明するため、目を逸らさずに沙良を見つめる。

「……」

「……」

「……兄、さま」

「はい」

「……姉さまは、姉さまは、私のことは何て？」

沙良はどんな答えを望んでいるのだろうか。

シルフィードは沙良を抱きしめた。

「勝手を言って、悪かったと」

「……」

「あなたの幸せを、願っている……と」

明らかに表情が和らいだ沙良にシルフィードは安堵した。理沙がそう言ったというのはもちろん嘘だ。だが、虚言を言ったことを後悔などしない。沙良には汚いことなど何も知らず、綺麗な心のままでいて欲しかった。

黙ったまま抱きしめていると、沙良も少しずつ落ち着いたらしい。

それを悟ったシルフィードは何度か背を撫でた後、そっと身を離した。

「明日から、本当に新婚生活が始まりますね」

「そ……です、ね」

「私も少し仕事量も減らすので、たくさん話して、たくさん一緒にいましょう」

改めて口にすると、シルフィードは柄にもなく浮き立った気持ちになる。沙良も恥ずかしそうに笑ってくれ、張り詰めた空気は一散した。

「私は少し仕事が残っているので、あなたはもうしばらく休んでいなさい」

「大丈夫です。もう起きないと……」

沙良は起きあがろうとしたが、シルフィードはそれを止め、改めて寝台に横たわらせる。一見、沙良はいつもと変わらないが、本人の知らないところで深い心の傷を受けているはずだ。

邪魔者もいなくなった今、心安らかに休んで欲しかった。

「そろそろ疲れが溜まっているはずです。急ぐことは何もないのです、ゆっくり寝ていなさい」

「……はい」

多少は自覚があったらしい。沙良はおとなしく掛け布の中に潜り込む。

「昼は一緒にとりましょう」

「はい。……兄さま」

「何ですか?」

「お仕事、頑張ってくださいね」

気遣ってくれる沙良の優しさに笑い、シルフィードはそっとくちづける。触れるだけのそれを離すと、目元を染めた沙良が強く目を閉じていた。くちづけ以上のことを何度もしているはずなのに、これだけで赤くなってしまう沙良が愛おしい。

「また後で」

部屋から出たシルフィードは、控えていた衛兵に尋ねた。

「兄上の身柄は」

「今、ハロルドさまとウォーレンさまが向かっておられます」

シルフィードは眉を顰める。ラドクリフが行く場所はごく限られているはずで、拘束もすぐにできるはずだった。理沙のこともあり、ラドクリフにも早急に引導を渡そうと考えたのだが――そう思うと、一瞬だが嫌な予感が過った。

シルフィードは無言のままラドクリフの部屋に向かったが、そこに男の姿はいない。すぐにいつも仕事をさせている、元のシルフィードの部屋に行くが、そこにもラドクリフの姿はなかった。

まだ朝といってもいい時間、こんな時間からあの男に行くあてなどあるはずもない。

「……リアンの動きは？」

「国境付近に異常はないとの報告を受けています」

「……」

(それでは、向こうは関係ない？)

まだシルフィードからの答えも告げておらず、なによりラドクリフ自身の答えも出ていない状況で、リアンの王が暴走する利益はない。

――ならば。

「……っ」

「王っ？」

シルフィードは今来た道を引き返した。

まさかと思ったが、それでもこの目で確かめなければ安心できなかった。

◇◇◇◇

優しいくちづけを残してシルフィードが部屋から出て行った後、沙良はそのまま目を閉じていた。理沙のことを考えると胸の中に重苦しいものが渦巻くが、それをシルフィードにぶつけようという気は起きなかった。

ガーディアル王国にやってきた姉が、少し我儘だったことは沙良も気になっていた。奔放な姉の性格は知っていたし、沙良はそんな姉でも大好きだったが、その標的がシルフィードに向けられた時はやはり多少は……いや、たくさん嫉妬もしてしまった。

そんな自分の醜い気持ちが恥ずかしかったが、シルフィードは呆れもせず、沙良にも理沙にも最善の方法をとってくれたのだ。

シルフィードが姉に紹介してくれた人というのがどんな相手なのかはまったくわからないが、落ち着いたら自分の方から連絡をとってみようかと思う。それまでに姉が変わってくれていたら嬉しいし、変わっていなくてもやはり理沙らしいと、安堵するかもしれない。

『昼は一緒にとりましょう』

今は、そう言ってくれたシルフィードの言葉を胸に少し眠ろう。

そう思っていた沙良は、僅かな物音を聞き取って目を開けた。

「フィー兄さま？」

先ほど出て行ったばかりだというのに、何か用を思い出したのだろうか。身を起こしながらシルフィードが現れるのを待っていた沙良は、

「……ラドクリフさま？」

そこに現れた男の姿に戸惑った。

「あの、どうされたのですか？」

ここはシルフィードの部屋だ。王妃である自分は特別のようだが、そもそもシルフィードの許しなく一人で入ることはたとえ兄でもできないのではないか。

ラドクリフは相変わらず眉間に皺を寄せていたが、沙良が身じろぎするのを見てゆっくりと近づいてくる。なんだか得体の知れぬ恐ろしさを感じて、沙良は無意識に寝台の上で後ずさった。

「私は、隣国に行くことにした」

「え？」

「あちらの王が、私を次代の王として迎えると言ってくださっている」

初めて聞く話に、沙良は何と言っていいのかわからなかった。普通に考えればとても名誉なことだと思うが、ガーディアル王国の第一王子として生まれたラドクリフにとってそれは、手放しで喜ぶようなものではないのかもしれない。

しかし、ここで沙良が勝手に想像してしまうのも申し訳なくて、ただ黙ってラドクリフ

の言葉を聞いていた。

「……手土産が必要だと思わないか？」

「手土産、ですか？」

「当初は飛鳥の第一姫を連れて行こうとも思ったが、あれは妬みの塊だ。ガーディアル王国から比べればどこの国も貧しいと言い放ち、後ろ脚で砂を掛けるようにして出て行くだろう」

「あの、ラドクリフさま」

（何を言っているの……？）

「シルフィードの母親は商人の娘だった。だが、あ奴は皮肉なことに才に恵まれ、いつの間にか父に目をかけられるようになった。一歳年下の奴に勉強や剣術で手を抜かれ、わざと勝たされるのがどんなに屈辱的かわかるか？　父の関心を引くため、何度も作為した失態をシルフィードのせいにして、ようやく私を次期王に指名してくださるというところまできていたのに……母のせいでそれもすべて無になってしまった！」

　憎しみを込め、恨むように言うラドクリフの言葉は、はっきりとは聞き取れなかったが、それでもなんとかわかったのは、彼の母親が先走ってしまったせいでラドクリフが次期王になれなかったということだ。

「それでも、シルフィードさえ、あいつさえ辞退すれば第一王子の私がこのガーディアル王国の新しい国王となれたのに！」

ラドクリフはシルフィードのでいだと言うが、どう考えても彼に責任はないはずだ。きっと誤解があるはずで、兄弟ならば話せばわかり合えるのではないか。沙良はラドクリフに訴えた。

「ラドクリフさま、どうかフィー兄さまとよく話をなさってください。話せばきっと……っ」

「あいつはお前が考えているような男ではない。冷酷で無慈悲で、肉親でさえ簡単に捨てることができる男だ」

「そんなことはありませんっ」

沙良は即座に否定したが、ラドクリフは暗い熱にうかされたように言葉を続ける。

「そんな奴の唯一の例外がお前だ」

「え……」

「それなら、お前がいいと思ってな。ちょうどシルフィードと婚儀を挙げ、その身にあいつの精も受けただろう？　運よく奴の子を身ごもっていればそれなりに使い道もある」

「使い道？」

「通常ならばその子が次期国王候補だ。私が義父か後見人になった後にシルフィードが亡くなれば、しかたなく私が王になるしかあるまい？」

「……っ」

淡々とした物言いだというのに、その言葉の裏に目を背けたくなるような闇が見える。

沙良は激しく波打つ心臓の鼓動に目眩を覚えそうになりながら、じわじわとラドクリフから距離をとろうとした。

ラドクリフはそんな沙良をじっと見ている。その目の中に、新天地に向けて抱くような輝きはまるで見えなかった。

「ラ、ラドクリフさま」

「私と奴は、永遠にわかり合うことはない」

「きゃあっ」

伸びてきたラドクリフの手に腕を摑まれ、沙良はいきなり寝台から下ろされた。乱れた夜着を慌てて整えようとするが、ラドクリフがそのまま強引に沙良を引っ張って部屋を出て行こうとする。

「伯父も早急に答えを出せと言ってきた。私にはもう時間がない」

「ラドクリフさまっ」

「たとえ私がしていることが愚かなことだとしても、どうしても……あ奴の悲痛に歪む顔が見たいのだ」

この恰好のまま、理由もわからずにどこに連れて行かれるのが不安で、沙良は必死で足を踏ん張って抵抗した。

「ラドクリフさまっ、落ち着いてくださいっ」

「……静かにしろ」

「できません！」

沙良は思い切り腕を振り払おうとするが、ラドクリフの力はとても強くて何もできない。このままでは連れだされてしまうと焦った沙良が、助けを呼ぶために声を上げようとした時だった。

「沙良！」

「！」

扉が開いて、シルフィードが飛び込んできた。直後に沙良は身体を突き飛ばされてしまい、身体を激しく床に叩きつけられる。

そんな沙良を助け起こそうと部屋の中に走って入ったシルフィードが、側に跪いて手を伸ばしかけた時、沙良はその背後に仁王立つ男の影を見て目を瞠った。

「兄さま！」

「……っ」

振り下ろされた鈍く光るものが空を切ったかと思うと、沙良は胸元に熱い滴り(したた)を感じて呆然と視線を落とす。自分の白い夜着に咲く、鮮やかな小さな花。それはポツポツと、どんどん増えていった。

その鮮やかな花から視線を上げた沙良は、次の瞬間大きく息をのむ。

「！」

「大丈夫ですか、沙良姫」

いつもと変わらない穏やかな声音で尋ねてくるシルフィードの、左顔面の目元から頬に掛けて、赤い線が引かれていた。そこから滴り落ちているのは、血だ。

(どうして……)

「……ぅ……っ」

呻き声を上げたシルフィードの顔が、さらに歪んだ。彼の背後に覆いかぶさっていたラドクリフが身を起こした時、彼の手には鮮血に染まった短刀が握られていた。

あれは、果物の皮を剝くために卓に置かれていたものだ。幾度となく沙良のために果物の皮を剝いてくれ、手ずから食べさせてくれたシルフィードの姿が頭の中を過る。

「……何を……」

「死んだか？」

こんな場面になっても抑揚(よくよう)のない声でそう言うラドクリフを、恐ろしいというよりも猛烈に腹立たしく思った。

「何をするんですか！」

「……沙、良」

すぐ側にいるシルフィードが笑む気配がして、そのまま彼の身体が沙良の身体の上に崩れ落ちてくる。支えなければととっさに抱きとめようとしたが、沙良の腕にはシルフィードの身体は重過ぎて、そのまま一緒に後ろに倒れ込んでしまった。

だが、すぐ側にはまだ短刀を持ったラドクリフが立っている。沙良はこれ以上シルフィードを傷つけられたくなくて、身体の向きを変えてシルフィードを抱き込む姿勢をとった。

　このまま、自分が刺されても構わないと思った。その時、

「王っ」

「捕えろ！」

「誰か医師を！」

（え……？）

　いったい、何が起こっているのか。

　いつの間にか部屋の中に多くの男たちが飛び込んできていて、あっという間にラドクリフを拘束していた。

「沙良さまっ、手をお放し下さいっ」

「いやっ」

「沙良さま！」

　初めて見る激昂したハロルドが、強引に沙良の腕の中からシルフィードの身体を奪い取った。

「待って！　怪我を、怪我をしているの！」

「大丈夫ですっ、すぐに医師を呼んで処置をさせますので、どうか沙良さまも落ち着かれてくださいっ」

こんな時に落ち着いてなどいられるはずがない。屈強な衛兵に抱きかかえられているシルフィードの腰も真っ赤に染まっていて、彼がそこにも怪我を負っているのがようやくわかる。

顔だけではなく、腰まで。それも、沙良を庇ってのことだ。

(どうして……っ、どうして守れなかったの！)

ラドクリフが部屋に侵入してきた時、もっと言葉を尽くして彼を説得できたら良かった。短刀を持った時に即座に気づいて、その腕にしがみついてでも動きを止めて、シルフィードを逃がせば良かった。

後から後から襲ってくる後悔に涙で顔をくしゃくしゃにしながら、沙良は寝台に運ばれたシルフィードの側に駆け寄り、ぐったりと力なく伸びた彼の腕を取って抱きしめる。

「フィー、フィーっ」

「……」

布で顔の傷を押さえられたシルフィードが、沙良に向かって目を細めた。

「怪我は、ありませんか？」

「な……っ、ない、ですっ」

「……よかった」

「わた、しっ、私のことよりもっ、フィーがっ」

「大丈夫……泣かないで、沙良」

そう言ったシルフィードが目を閉じ、後は荒い呼吸を続ける。

今にもシルフィードが死んでしまいそうで、怖くて怖くてしかたがなかった。

「……ね、がいっ、お願い！　フィーを助けて！」

ここで泣き叫ぶだけの自分がどんなに邪魔かわかっていた。だが、少しでもシルフィードから目を離すとそのまま彼がどこかにいなくなってしまいそうで、どうしてもこの場から離れたくなかった。

「大丈夫です、沙良さま」

「……ハ、ロル、ドッ」

「幸い、宮殿内には有能な医師がおります。王は、絶対にあなたを残して亡くなったりしません」

先ほどの動揺が嘘のように、ハロルドは落ち着いて沙良に説明してくれた。その言葉に縋り、沙良は何度も何度も、大丈夫かと確認する。

そのたびに、ハロルドは答えてくれ、沙良は涙でくもる目を必死で擦ると、兵たちに拘束されたままその場に立っているラドクリフのもとへ歩み寄り、

「！」

思い切り、その頬を引っ叩いた。

「兄さまは、もっと痛いんです！」

「……」

「言いたいことがあるのなら言葉で伝えてくださいっ。暴力で訴えても、あなたの気持ちはフィー兄さまに伝わりませんっ」

睨むように見上げると、ラドクリフが黙って見下ろしている。彼が罪悪感を抱いているのかどうか、それだけではわからなかった。

「フィー兄さまが気づかれたら謝ってください。絶対に、謝ってください」

「……助からぬかもな」

「助かります！」

彼をもとめている人間がここにいるのだ。シルフィードが自分を置いていくわけがないと、沙良は拳を握りしめて気力を奮い立たせた。

# 第十章

シルフィードの治療は、昼前から夕方近くまでかかった。

その間、沙良はただ部屋の前で待っていることしかできなかったが、出てきた医師に「大丈夫ですよ」と言われた瞬間、足から力が抜けてその場に倒れそうになった。

側で同じように待っていたハロルドが抱きとめてくれ、休むようにと部屋へ促されたが、どうしても一目シルフィードの顔が見たくて、沙良は処置の済んだ医療室の中に入った。

初めて足を踏み入れた窓のない部屋は、寝台とそれを取り巻くように天井から布が垂らされている。端に手洗い場があり、壁際の棚には様々な器具や薬剤が入った瓶が並んでいた。

一歩足を踏み入れただけでも、ぷんと血の匂いがする。ここで何が行われたのかを想像し、沙良は身を震わせた。

「……」

寝台に横たわっているシルフィードは、傷を負ったのが背中だったせいかうつ伏せになっていた。

痛みを和らげるために鎮痛剤と眠り薬を飲んだらしく、静かに目を閉じている。

青白い端正な顔に、痛々しく巻かれた白い包帯。息をしていないのではないかと怖くなったが、そっと手のひらを近づけると微かな吐息を感じる。生きてくれている――そう思うだけで、抑えきれない涙が頬を伝った。

「……沙良さま」

「……」

「王はしばらくここで休んでいただいた後、部屋にお連れすることになります。しばらくは縫った傷も痛むでしょうし、消毒もしなければなりません」

「わ、私がしますっ」

シルフィードの世話を他の誰にも任せたくなくてそう言えば、ハロルドは頷いてくれた。

「もちろんです。ですが、その前にあなたも少し休まれてください。お召し物もお着替えにならなれないと」

「え……」

ハロルドの眼差しを追って視線を落とすと、自身の夜着がシルフィードの血で汚れていることに初めて気づく。

「……これ……」

「王はもう大丈夫です」

力強いハロルドの言葉に背を押されるように部屋を出ると、そこには由里が待っていてくれた。

「沙良」

由里も目を真っ赤にしていたが、それでも沙良を見た瞬間泣きそうな笑みを向ける。

「……由里」

「うん。湯浴びして、服を着替えて、少し眠ったらいいわ」

とても眠れそうにないが、沙良は由里に言われた通り湯浴びをし、服を着替えて一息ついた。

なんだか、たった一日のことなのに、ずいぶん長い時間が経ってしまった気がする。

朝には、姉の理沙がガーディアル王国を出たと聞かされ、その後、ラドクリフがシルフィードを傷つけたのを見てしまった。

どうしてラドクリフがあんな真似をしたのか、彼自身でないので沙良にはわからない。

それでも、人を傷つけてしまうのは理由なんて関係なく、絶対に許してはいけないと思う。

「由里」

「なに？」

髪を梳いてくれている由里に、沙良は気になったことを尋ねた。

「……ラドクリフさまは？」

シルフィードの流す血を見て恐慌に襲われた沙良は、彼以外のことがすっぽりと頭から抜けてしまっていた。なので、あの場からラドクリフがどうなったかまったくわからなくて、それがどうしても知りたくなったのだ。

由里の手が一瞬止まり、沙良は顔を少しだけ後ろに向ける。間もなく、再び髪を梳く手が動き始め、またしばらくしてから由里は答えてくれた。

「今、ハロルドさまの監視下に置かれて軟禁されているらしいわ。処遇は、王が回復してからという話だけど……」

「……重い罰になるのかしら……」

「……王に対する反逆だもの。軽いものですむはずがないわ」

沙良自身、あの場面を見た時はラドクリフに対して猛烈な怒りを感じた。実際手を上げてしまったし、口汚く罵ったように思う。

しかし、少し時間が経ってシルフィードの無事を確信すると、彼に対する疑問ばかりが膨らんでいった。

(どうして、あんなことを……)

母親が違うとはいえ、血の繋がった兄弟にあれほどの憎悪を向けることなどできるのだろうか。

「沙良」

「……今は、フィー兄さまが早く回復することだけをお祈りする」

「そうね。早く良くなってもらいたいわね」

その時、扉が叩かれた。シルフィードに何かあったのかと動揺する沙良の代わりに、由里が素早く駆け寄って開けてくれた。

「ハ、ハロルド」

「沙良さま、王がお目覚めになられました」

「……っ」

その言葉を聞いた瞬間、沙良は部屋を飛び出した。まだ髪が乾いてないことも構わない。一刻も早く、シルフィードの顔が見たくてたまらないのだ。

医療室の前まで走っていくと、前に立っていた衛兵が沙良の姿を見てすぐに扉を開いてくれた。中に飛び込み、寝台を覆っている布を捲ると、先ほど見た姿勢とあまり変わらない姿のまま、視線だけを動かしたシルフィードの目が細められた。

「フィー兄さまっ！」

「……沙良、姫」

いつもの甘い響きの声とは違う、苦しげに掠れた声。それでも沙良に向ける眼差しはとても温かく、シルフィードが沙良に心配を掛けまいとしてくれているのがよくわかる。

「お身体、大丈夫ですか？」

弱っている相手に言う言葉ではないと、口にしてから気づいた。しかし、

「……ええ」

シルフィードは答え、僅かに手を動かす。沙良は恐る恐るその手を取り、力を入れないよう両手で包みこんだ。

「……よかった……」

「……」

「本当に、よかった……」

シルフィードの身体は傷ついてしまったが、それでもこうして生きていてくれた。それだけで十分だと、沙良は涙を必死に堪えながら懸命に笑みを浮かべてみせる。

「ゆっくり休んでください。私が看病しますから」

何もできないかもしれないが、それでもシルフィードの側にいたくてそう言うと、彼も小さく首を動かしてくれる。

「……髪……濡れていますよ。乾かさないと、風邪をひく」

「……っつ」

出会ってから今まで、ずっと沙良はシルフィードに守られてきた。今度は沙良がシルフィードを守ると決意する。

握られた手が握り返され、沙良はぽろぽろと涙を流した。握った手の温かさが嬉しくて、涙を止めることができなかった。


日頃から鍛えているおかげか、シルフィードは日々めざましく回復していった。

数日後には起き上がることもでき、一週間も経つと立ち上がることもできるようになった。

世話をするといっても、沙良は身体を拭いたり、食事を食べさせたりするくらいしかできなかったが、一日中一緒にいるということが今までなかったので、ある意味新婚らしい日々だとも言えた。

「あ」

新鮮な果物を食べさせようと席を外していた沙良が部屋に戻ってきた時、寝台の枕元にはハロルドがいた。

「お疲れではありませんか？」

ずっと看病をしている沙良をハロルドは心配しているらしい。相変わらず愛想のない物言いだが、それでもその視線がずいぶん柔らかくなってきたことを沙良は実感している。不幸な事故があったが、それによってシルフィードと臣下たちの絆が深まったようで、そのことを沙良は嬉しく思っていた。

「私は大丈夫です」

意識を取り戻してからそう間を置くことなく、シルフィードは寝台で寝たきりの状態のまま政務を開始している。まだ完全に回復していないのだからゆっくりして欲しいと訴えたが、自分でないとわからないことがあるからと、ハロルドを枕元に呼び寄せていた。だが、その仕事ぶりに沙良が小言を言ったのも最初のうちだった。

見ていれば、確かにシルフィードでなければできない仕事は山積している。広大な国土と多くの民の上に立つ王だからこそ無責任なことはできない、というシルフィードの姿勢がわかった沙良は、極力無理をしないという約束をしたうえで仕事をする彼の手助けをしていた。

「それでは、私はこれで」

「ハロルド」

不意にシルフィードがハロルドを呼び止め、何事かを小声で指示をする。すると、なぜかハロルドは沙良の方へと一瞬視線を向けてから頷いた。

「わかりました」

「頼む」

「……はい」

シルフィードの一言に、ハロルドの目元が弛(ゆる)んだのがわかり、彼を見送った沙良は振り向いて、寝台の上で起き上がった姿勢のままこちらを見ていた彼に笑いかけた。

「どうしたのですか沙良姫？　可愛らしい顔をして。さあ、こちらに来てください」

シルフィードが手を伸ばしながら言う。沙良は躊躇うことなく近づき、寝台の端に腰かけながらその手を取った。

「仲が良くなって嬉しいと思って」

「……私と、ハロルドが、ですか？」

「彼だけじゃありません。今回のことでは皆さん協力してくれて……フィー兄さま、とても好かれているじゃありませんか」

　沙良の言葉に、シルフィードは苦笑を零した。

「焼きもちは妬いてくださらないのですか？」

「そ、そんなことしません！」

　シルフィードが慕われることを喜びこそすれ、焼きもちを妬くなんて考えたこともない。

……いや、少しはそう感じることもあったが、それまでのシルフィードと宮殿の中の者たちの関係を考えると、やはり嬉しさの方が増した。

　怪我の回復も考えていたよりもずっと早く、だからこそこんな馬鹿馬鹿しいことも考えてしまうほどだ。

「それでは、そろそろご褒美をもらってもいいころでしょうか？」

「え？」

　不意にシルフィードは沙良の手を取り、そっとくちづけながらちらりとこちらを見る。

　顔の包帯はまだ痛々しいが顔色は悪くなく、表情も以前と変わらないほど浮かべることができていた。

「あなたに言われた通り、怪我の回復に努めるためにあなたを抱くことを我慢していました。ですが、あれからもう半月、隣で眠るあなたの温もりを感じていると、あなたの中の心地良い熱さが恋しくてたまらないのです」

「フィー兄さまっ」

突然何を言うのかと真っ赤になった沙良は慌ててその言葉を止めようとしたが、シルフィードがそのまま腕を引いてしまったので、彼の胸に顔を埋める形になってしまう。慣れた香りではなく、傷口に塗る薬草の匂いが鼻をつき、沙良は思わずその背にしがみついてしまった。

「沙良姫」

「……っ」

髪を撫でてくれた手が、背中へと移動して意味深に撫でてくる。

「こっ、こんな、昼間からなんて、誰かきたら……っ」

「それには心配及びません。先ほどハロルドに人払いを申しつけておきました。夕食までここには誰も来ることはありませんよ」

「そんなっ」

それでは、先ほどハロルドに何事か話していたのはこのことだったのか。

ということは、今から自分たちが何をするのかハロルドには知られているのだ。それを考えると猛烈な羞恥がこみあげ、身体を焼かれてしまいそうな気分になった。

しかし。

「沙良姫、怒っていますか?」

少しだけ気弱な声でそう言うシルフィードに、首をふって怒っていないことを伝える。

沙良のために怪我を負い、そのうえ傷が治りきらないうちから民のために政務に勤（いそ）しんでいるシルフィード。

　怒るなんてとんでもない。ただ心配でしかたがないのだ。一方でこの半月、シルフィードの傷を慮って、抱擁さえままならなかった。それまでは常に全身で溢れるほどの愛情を表してもらっていただけに寂しいという思いは強く、沙良も彼の熱い腕の中が恋しかったのだ。

「……フィー兄さま」

　無事でさえいてくれたらいい。そう思ったのは事実だが、無事を確信した今、その腕でしっかりと抱きしめて欲しい。

　しかし、この夜着の下にはまだ包帯が巻かれていることを、毎日消毒をしている沙良は知っている。自分がして欲しいと思っていることと、シルフィードに無理をさせたくないと思うことを両立させるにはどうすればいいのか。

「……あの」

「はい」

「……あの……私が、私に、させてくださいますか？」

「沙良姫？」

「私が、自分でします」

　いつもはシルフィードが主導して沙良を抱いてくれるが、今日は極力彼が動かなくてもいいよう、沙良自身が頑張ろうと思った。沙良が積極的に動けば、シルフィードの体力的な心配も少しは減るはずだ。

沙良の申し出にシルフィードは驚いた様子を見せたが、すぐに嬉しそうに笑う。

「沙良姫に愛してもらえるなんて、こんなに幸せなことはありません」

「わ、私だって、フィー兄さまが好きだものっ」

「私の方が愛していますよ」

「……っ」

愛してもらうなんて思って欲しくない。沙良は、シルフィードを愛したいのだ。


寝台の側に立ち、沙良はそろそろと自身の服を脱ぎ始める。覚悟を決めたとはいえ、さすがに明るい日差しの中で肌を晒すのには抵抗があり、自然とその手の動きも躊躇いがちだった。

自身の身体に女性としての劣等感があるので、少しでも隠したいのだ。

そんな沙良の気持ちをわかっているはずのシルフィードは、視線を逸らすことなく真っ直ぐにこちらを見ている。その目の中には沙良に対する激しい欲望の光があった。

強く求められていると思えば、これ以上卑屈に思うことはない。

それでも時間を掛けて服を脱ぎ、生まれたままの姿で彼の前に立つと、目を細めてこちらを見ていたシルフィードがトンっと軽く寝台を叩いた。沙良は胸元を腕で隠しながら、おずおずと寝台の上へと乗り上げる。

「綺麗ですね」

「な、何を言うんですか」

「本当のことです。あなたほど綺麗な人を私は知りません」

そう言って、シルフィードは沙良の後頭部を摑み、ぐっと引き寄せる。合わさった唇の感触に目を閉じていると、一瞬離れたそれが次には舌で舐められた。促されている気がして薄く口を開くと、すぐに再び重なって今度は舌が入ってくる。

「ふ……ぅっ」

厚い舌が少し強引な動きで沙良のそれを絡め取った。これほど濃厚なキスは久しぶりで、沙良はすぐに酔ってしまったようにシルフィードの身体に凭れかかる。

だが、

「……っ」

微かな苦痛を漏らすシルフィードの声に、沙良は慌てて身体を離した。

背中の傷を思い出したのだ。

「い、痛いですか？」

「……いえ、大丈夫です」

嘘だ。眉間に皺が寄っているのに、沙良のことを考えてそう言ってくれている。

（気をつけないと……っ）

今日は快感に我を忘れてはいけない。沙良は自分に言い聞かせると、今は目線の少し下にあるシルフィードの顔をじっと見つめた。

「どうしました？」

「……フィー兄さまを、守れなかったのが……悔しくて」

そっと包帯に触れながら言うと、シルフィードはそんなことかというような笑みを浮かべた。

「あなたを守った証です。私にとっては名誉の負傷ですよ」

「でも、あんなに綺麗だったのに、私のせいで……」

表情は乏しくても、とても整ったシルフィードの顔は見ているだけで溜め息が漏れるほどだった。沙良に対しては柔らかく笑んでくれることが多かったので、なおさらその喪失感は大きい。

それなのに、シルフィードは言うのだ。

「だったら、沙良姫しか私を好きになってくれないかもしれませんね。でも、私にはあなただけ居てくれれば十分ですから」

「フィー兄さま……」

「顔の美醜など、あなたは気にしないでしょう？」

言われて、沙良は何度も頷いた。傷などあっても、シルフィードの本質に何も変わりない。それどころか、沙良を守ってくれた証として、一生その身に刻んでくれるのが嬉しいほどだ。

（こんな不謹慎なこと考えているなんて、絶対に兄さまには言えないけど……）

傷のせいで、シルフィードに見惚れる女性が少なくなった方がいいと思うくらい、沙良は今回のことでシルフィードへの愛がよりいっそう深まったことを自覚していた。

「さあ、愛し合いましょう、沙良姫。長いお預けのせいで、私は沙良姫が足らなくて飢えているのですよ」

真っ直ぐな愛情表現に、沙良はどうしても恥ずかしくなる。しかし、シルフィードを欲しいと思う気持ちは同じなので、彼の身体に負担が掛からないよう、そっとくちづけから始めた。

「……ん」

男らしい唇に数度触れ、今度は静養のために少し鋭角になってしまった頬にくちづける。乞うように口を開かれたので自ら舌を差し入れ、必死に吸いながら、沙良は綺麗な首筋から肩にまで指を滑らせた。

シルフィードの世話は他の者には任せたくなくて、自分の手で毎日彼の身体を拭いていたので、その逞しさやしなやかさは目を閉じていてもわかる。沙良は彼の肩に手を置き、深まっていくくちづけに夢中になりそうなのをなんとか堪えていた。

からかわれるように舌同士でじゃれ合い、唾液を交換していると、飲み込めないものが口の端から顎に伝って落ちてしまう。シルフィードは何度もそれを舐め上げてくれ、そのたびに頬や耳元にも唇を寄せてくれた。

シルフィードとのくちづけはとても好きだ。大切にされていることも、愛されていることも、たったこれだけで伝わってくるのが不思議なほどだった。もっと上手になりたいのに、自分から仕掛けたとしてもいつの間にか主導権はシルフィードに移ってしまう。

今も、吸われる舌が痺れて、ただシルフィードのなすがままだ。これではいつもと変わりない。

沙良はなんとかくちづけを解き、あがる息を抑えながらシルフィードの夜着に手を伸ばした。

紐を解けば、すぐに鍛えられた上半身が現れる。

沙良は首筋から胸元に唇を寄せ、シルフィードの胸元をちゅっと強く吸ってみた。沙良だったらすぐに蕩けてしまいそうな快感に襲われるのだが、ちらっと見上げるシルフィードの表情に変化はない。

(男の方は、ここは気持ちが良くないのかしら)

胸はやはり、女性が感じる場所なのかもしれない。

そう思った沙良の視線は、まだ布で隠れているシルフィードの下肢へと移る。

『私が感じているという証です。あなたが触れてくれるから、とても気持ちが良くて蜜が溢れ出てくる』

確か、シルフィードはそう言っていた。身体の一部だというのに、まるで別の生き物のように脈動していた、あれ。

「……」

「沙良姫？」

沙良は思い切って布をはだけてみる。すると、既に緩やかだがシルフィードのものは上を向いて勃ち上がっていた。

（やっぱり、これだ）

男性の快感はここが一番強い。

それはわかったが、なかなかすぐに直接触れることができない。

見ているだけでは駄目だとわかっているのに、これをどうしたらシルフィードは気持ち良くなってくれるのか。以前のように手で擦るだけでもいいのだろうかと頭の中でグルグルと考え続ける。

そんな沙良の頬を、伸びてきたシルフィードの指が撫でてくれた。指先はゆっくりと沙良の唇に移動し、先ほどのくちづけで濡れて腫れぼったくなったそれを意味深に触ってくる。

「……沙良姫」

甘い声に誘われるように、沙良は無意識のうちに両手で彼の屹立を握っていた。ドクドクとした脈動につられて、沙良自身の心臓の鼓動まで激しくなる。

（フィー兄さまを、気持ち良くしたい……）

沙良は舌を出したまま——ぴとっと、先端部分にそれを押し当てた。

(……苦い)

なんだか今まで口にしたことがない、とても苦い薬を舌にのせたような味がする。

「無理をしなくてもいいんですよ」

沙良の反応を気遣ったのか、シルフィードがそう声を掛けてくれた。だが、けして無理などしていない。これは、沙良がしたくてしていることだ。

苦さを克服するには蜂蜜や果汁を垂らしたらいいかもしれないが、今この状況でそれを口にすることはできない。だったら、ここは思い切りいくしかないと覚悟を決め、沙良はパクッと先端部分を咥えた。

(お、おっきい……っ)

シルフィードのものは大きく、小さな沙良の口には全て収まりきらない。ここからいったいどうしたらいいのか。苦手な味と見掛け以上の大きさに混乱し、沙良は半泣きの目をシルフィードに向ける。だが、そこで見たシルフィードの表情は見たこともないほど嬉しそうで、沙良のこの思いきった行動を喜んでいるように見えた。

「気持ちが良いですよ、沙良姫。少し、舌で舐めてもらえますか？」

そう言われ、舌で先端部分を舐めてみる。つるんとした、弾力のあるそれは初めて知る感触だ。

だが、一度してみると覚悟もでき、沙良はペロペロと同じ場所を舐め続け、さらにはいったん口を離すと、血管が浮き出ている竿の部分にも舌を這わせた。

「ん……気持ち良い」

頭上から聞こえるシルフィードの声に嬉しくなって、沙良はもっともっと舌を動かす。あまりの大きさに一度に口の中には入らないので、余った大部分のものは前回したように手で擦った。

性器は徐々に、だが確かに大きくなっていく。その育っていく過程はとても不思議だったが、これがシルフィードが感じている証だと思えば感動さえした。

同時に、沙良は自身の下肢も熱くなってきたのを自覚する。触れられてもいないのに、こうしてシルフィードに奉仕をすることによって、自分も高まってきているのだ。

（あ……っ）

這わせていた舌に、また別の苦みを感じた。男性が感じてくれている時に溢れるという蜜だ。

「沙良姫」

名を呼ばれて顔を上げると、シルフィードが苦笑を浮かべている。

「このままだと、私だけが気持ち良くなってしまいそうです。今日は、あなたと一緒に高まりたい……沙良姫、こちらを向いて、私の腰を跨いで」

舌での奉仕をしているうちに、羞恥というものは霞（かすみ）の向こうに行ってしまったのだろうか。沙良は言われるまま、シルフィードの腰を跨ぐようにして膝立ちをした。

「胸を、突き出して」

「……あっ」

シルフィードの頭を抱くようにして突き出した胸の小さな乳首を咥えられてしまい、沙良は途端にその場に崩れ落ちそうになってしまった。しかし、まるでそれを予見していたようにしっかりと腰を支えてくれていたシルフィードのおかげで、沙良はそのまま乳首を弄られる。まだ成長途中の乳房全体を口に含まれ、歯で甘嚙みをされた。

「あぁんっ」

何度も何度も可愛がられたそこは、僅かな刺激をすぐに快感へと変えてしまい、沙良の身体の奥深くの炎に火がつく。

「フィー、フィー兄さまっ」

シルフィードは刺激を待ち望むもう一つの乳房にも手を這わせ、少し強く乳首を捏ねた。爪で刺激されたら痛みが走るが、それは一瞬で快感へと変わる。いつの間に自分の身体は慣らされてしまったのか、喘ぐ息の中、沙良はどうしてもくちづけたくなってシルフィードに顔を寄せた。

すぐに重なってきた唇。中に侵入してきた舌は、沙良の口腔内の苦みをすべてすくい取ろうとするように蠢く。ついさっきまで自分が何をしていたのか唐突に思いだした沙良は慌てて顔を離そうとしたが、絡みつく舌の心地良さに、それも弱い抵抗で終わってしまった。

やがて、散々弄られた乳房への愛撫に足の力が完全に抜けそうになった頃、シルフィードが沙良の耳元で囁いた。

「指を貸してください」

「ゆ……び？」

なぜと、疑問を口にする前にシルフィードに誘導された片手が、自身の下肢へと伸ばされた。

「！」

（これっ？）

自覚していなかったが、溢れるほどに濡れていたそこはすぐさま沙良の指を滴たる蜜で汚し、それはそのまま敷布まで濡らしていった。

「ひ……ぁっ」

シルフィードはそのまま沙良の指先と一緒に秘裂を弄り始める。自身の指で敏感な襞を掠めるたびにビクビクと身体が震えた沙良は、徐々にシルフィードの胸へと凭れかかってしまった。逃げようと手を引きたくても、シルフィードの手がしっかりと拘束して許してくれないのだ。

「やっ、や……ぁっ」

許して欲しい。そう思って訴えたのに、

「ほら、指を中に入れてみてください」

「ひゃぁっ！」

シルフィードが誘惑するように甘い声音で囁き、沙良はそれに抵抗できずに指先だけを中に入れられてしまった。

（あっ、いっ）

即座にきゅうっと絞られるように締まったそこが、自分の身体の中だということが信じられない。

「気持ちが良いでしょう？」

「はぁ……やぁ……んっ」

「ここで、あなたは私を受け入れ、抱きしめてくれるのですよ」

シルフィードの性器も、今自身の指が締めつけられているような力と熱さで抱きしめられているのか。なんだかとても信じられない。

これ以上は、怖かった。自分の身体が自分ではないようで、沙良は乞うようにシルフィードの頬に自身の頬を擦りつける。

「……甘えて……可愛らしい」

楽しげなシルフィードの言葉にいやいやと首を振ると、ようやく拘束されていた手が解放された。途端に沙良はシルフィードの首にしがみつく。

「あなたに甘えられると、弱いな」

「フィー、フィーっ」

「少し、痛いかもしれませんが、我慢してください」

少しくらいの痛みなどなんでもない。この猛烈な羞恥と混乱から救ってくれるのなら、それこそ痛いくらいでもいい。

少し間が空いた後、先ほどまで自分で弄っていた秘裂に、熱くてぬるついた感触が押し当てられる。

「ひ……あぁーっ」

ミシミシと、身体が軋むような感覚。襞を分け入って押し入ってくる存在に、思わず息をつめてしまった。

覚悟をしていた痛みだが、久しぶりに身体を合わせるせいか、想像以上に激しい。無意識のうちに身体は逃げようとしてしまうが、腰を掴むシルフィードの力は緩むことはなかった。そして、次の瞬間、

「！」

その腕の力が突然抜かれ、不意をつかれたせいでまったく足の力が入らなかった沙良の身体は一気に自身の体重でシルフィードの屹立をすべて飲み込んでしまう。彼の下半身に座り込む形になった沙良は、その衝撃と痛みに声も出なかった。

「……沙良姫」

しかし、それはシルフィード自身にも痛みを与えたらしく、端正な顔の眉間には皺が寄り、汗が滲んでいる。沙良がしがみつきすぎてクシャクシャになった髪のせいかいつもの

彼よりも随分若く見え、泣きながら笑ってしまった。

「……ぅ……っ」

その笑いが下半身に刺激を与えたというのもまた、悪循環かもしれないが。

痺れと痛みで、とても苦しい。息をするのにも下肢に響いて、このまま叫び出したくなるほどだ。

それでも、シルフィードは沙良を欲しいと、言ってくれたのだ。

シルフィードが守ってくれたこの身体を、十分味わって欲しい。

なんとか膝に力を入れ、少しだけ沙良の腰を掴み浮かび上がらせる。ずるっと内襞が擦られる感触に、すぐにまたペタンと尻をついた。

情けないが、沙良だけではどうしようもできない。

「私に、合わせて」

シルフィードがそう言ってくれ、彼が腰を持ち上げてくれた。それをまた引き下ろし、引きあげて――。

隙間がないほどみっちり中に収まっていたと思ったシルフィードのものも、何度も上下する間に少しずつだが動きが滑らかになり、沙良も必死に彼の動きに合わせようと腰を揺らした。

「あぅっ！」

時折、上下する乳房に噛みつかれ、それによって声があがる。

内襞を抉るように刺激されるたび、二人の身体の重なった部分が溢れる蜜で濡れていく。

痛くて、気持ちいい。

もう、自分の感覚がどうなっているのかわからないうちに再びシルフィードが最奥を貫いた時、

「！」

沙良は高い悲鳴を上げて気をやってしまった。

だが、その余韻に浸る暇もなく、下から腰を突き上げてきたシルフィードに全身を揺さぶられ、間もなく、

（あ……っ……）

驚くほど熱い飛沫（しぶき）が身体の奥深くに放たれた。内襞をじわりと浸食していく感覚に身体を震わせると、萎えないままのシルフィード自身が再び身体の中を侵していく。

「な、ど、どうして？」

今までは沙良に合わせてくれ、二度目など滅多にしなかったのに。

「……足らないっ」

「フィー……っ」

「沙良っ」

強く身体を抱きしめられ、胸も、腹も、下肢も、隙間ないほど重なる。二つの身体が一つになって、幸せで、嬉しくて、気持ちが良い……もう、自分の感情がどうなっているの

かわからない。

「沙良、沙良……っ」

「あっ、あっ、あふっ」

何度も名前を呼ばれ、うっすらと目を開いた沙良は、目の前の包帯が巻かれたシルフィードの顔をじっと見つめた。

(す……き)

目の前にいるこの人が、本当に大好きな人だ。

視界の中には、腹に巻かれた包帯も映る。そういえば背中を刺されたのだと今さらのように思い出した。

「フィー、い、痛く、ないっ?」

「ええ」

揺さぶられながら言った沙良に、シルフィードは笑いながら唇を合わせてくる。誘われて舌を絡めて、いつの間にかまた、怪我のことは霞の彼方に消えた。

今は、シルフィードの身体を感じたい。

彼が生きて、側にいるということを実感したい。

乱暴な中にも自分に対する深い愛情が感じられるシルフィードの動きに揺さぶられながら、沙良は愛おしくてたまらない彼を自分からも抱きしめた。

# 終章

石造りの地下に続く階段を下り、シルフィードは目の前に現れた重い扉を見た。後ろに控えていたハロルドが何重もの鍵を開け、扉を開くと、中は意外にも一通りの家具が揃った部屋だった。

「……」

小さな卓の前の椅子に座っていた男は、シルフィードの出現に驚くこともなく視線を向けてきた。

「住み心地はいかがですか、兄上」

「……なぜ殺さない」

「沙良を抱きしめる手を、これ以上汚したくありませんからね」

半分は本気だったが、男はまったく信じていないようだ。別にどう思われようと構わず、シルフィードはまじまじとその顔を見た。

元々あまり似ていなかった兄弟だが、今はその顔に引き攣れた傷があるせいかさらに別人のようだ。服で見えないが腰にも刺し傷がある。

男――ラドクリフが、自分に付けた傷と同じ場所だ。

この傷を見るたび、ラドクリフはシルフィードのことを思い出すだろう。

無理矢理忘れようとしても、時間が経っても、消えることのない傷痕にシルフィードを見て、一生苦しめばいい。

「おとなしくしてくだされば、いずれ日の目を見ることもあるかもしれません。くれぐれも馬鹿な考えを起こさないように」

「……」

「もっとも、あなたに手を貸そうという者は現れないでしょうが」

対外的には、ラドクリフは精神を病んで静養中だ。しかし、実際は宮殿の敷地内にある、王と限られた者しか存在を知らない地下牢に軟禁している。

今後、一生ここから出られないことを多分本人もわかっているだろう。だが、もう抵抗する気力もないらしい。

落ちぶれたその姿を見たシルフィードは、黙って踵を返した。

「王、よろしかったのですか？」

後ろを歩くハロルドが尋ねてきた。あれほどのことを犯したラドクリフを、傷を付けて軟禁状態とはいえ、生かしていることが疑問なのだろう。今までのシルフィードならばいっさいの酌量（しゃくりょう）などなく極刑を申しつけていたはず――そう思われるのもわからないではないが。

「多少、感謝をしているからな」

「感謝?」

「あいつが付けた傷のおかげで、沙良は一生私の側にいてくれる」

既に包帯が取れた顔の、左側目元から頬に掛けての刀傷。沙良や周りの者たちはそれを見て痛ましいと悲しむが、シルフィードにとって顔の傷などなんとも思わなかった。むしろ、自分を助けて傷ついてしまったと、沙良が罪悪感を抱いてくれているのが嬉しい。

「……あれは、わざとではないですか」

確信を込めたハロルドの言葉に、シルフィードは口角を上げる。

ラドクリフが短刀を持ったことは予想外だったが、武道に長けたシルフィードならば逆上した男の刃など簡単に避けることができた。いや、万が一傷を負ったとしても、これほど酷いものではなかっただろうし、腰の傷などよけいなくらいだ。

(あの一瞬で計算できた自分を褒めてやりたいくらいだ)

咄嗟に急所を外したし、宮殿に常駐している医師の腕からしても絶対に命を落としたりしないことはわかっていた。

優しい沙良はこの傷を見るたびにくちづけをしてくれるし、願えばどんな淫らな要求にも一生懸命応えようとしてくれる。本当に、幸運の怪我だ。

「そこまで酷い痕を作らなくても良かったのではないですか」

「酷いか」

「……凄味が増しています」

「……」

「沙良さまは、怖がってはいらっしゃいませんが」

もう一つ予想外なことがあった。

ハロルド以下、臣下や衛兵たちがシルフィードのために動き、これを好機と思っての裏切りを誰も考えなかったことだ。

いくら急所を外していたとはいえ、不意をつかれれば危険もあった。もちろん、謀反があった際の対策は常にしていたので問題はなかったのだが、シルフィード自身が関与しない間にどうやら少しずつ周りの自分に対する評価が変化していたようだ。

これも、沙良の影響だろう。

「あ、フィー兄さま！」

「沙良姫」

庭に出た時、明るい声に名前を呼ばれた。振り返ると召使いの由里と共に、顔を泥で汚した沙良が駆け寄ってくる。

「何をされていたのですか？」

「お庭の手入れを手伝っていたんです。ほら、この実、食べられるそうですよ？」

沙良が摘んでいたのは、紫の小さな実だ。シルフィードに見せるために顔の近くまで持ち上げてくれたのだろうが、それを躊躇いなく指ごと口に入れる。

口の中で指を甘噛みすれば、恥ずかしがった沙良は慌ててそれを引きぬく。口の中には甘酸っぱい味が広がった。

「……っ」

「美味しいですね」

「そ、そうでしょう？」

夜はあんなにも淫らに花開くのに、陽の光の下の沙良は眩しいほど清廉で、愛らしい。

これまで蔑まれてきた自分の人生の中で、心が休まったのは唯一沙良と出会ったときだけだった。誰も信じず、愛さずに生きてきたシルフィードは、己は生涯ひとりで生きていくのだろうと思っていた。それを虚しいとも思わず、むしろ煩わしい感情に振り回されないことを楽だと考えていたくらいだ。

しかし、初めて出会った時のあの半月の間で、シルフィードの心に誰かを愛おしいと思う感情が生まれた。きっとこの先、沙良ほど自分の心を動かす存在は現れない。

いったんは、手が届かないとあきらめかけた。

だが、肉親への情をいっさい捨て、修羅の道を歩んでいくと決めたシルフィードは、唯一安らげ、愛おしいと思った彼女がどうしても欲しかった。

そして手始めに、今まで使者を送りこんでいた飛鳥族への伝達や援助を、すべて自分が引き受けることにした。一目でも沙良と会いたかったし、彼女の父である飛鳥の族長とも繋がりを持っていたかった。

当初はシルフィードが飛鳥族と親密になるかもしれないと難色を示したラドクリフだったが、「いずれ兄上の役に立つためです」と心にもないことを告げると一転、雑用ならと口を挟むことはなくなった。

父王も、ただの使いをやるよりは王子を差し向けることによって自国への心証も良くなるだろうと許可をしてくれ、それ以降王の使いという大義名分を手に入れたシルフィードは飛鳥族の住む地へと足繁く通うことになった。

飛鳥族との関係を密にしていく一方で、シルフィードは着々と自身の地場を固めることにも専念していった。

沙良以外の人間を信頼することはなかったが、かえってそれは個々の能力だけを純粋に見ることができ、シルフィードは低い身分のせいで出世できないでいた臣下や、優秀だが難のある兵士たちを支配下に置いた。父やラドクリフからは、下賤の者に何ができるかと嘲笑われたが、シルフィードはこれも次期王のためだと告げる。

既に勘違いしているラドクリフはそれだけで上機嫌になったので、シルフィードは思う存分自身の考えでその者たちを統率した。

そのうえで、飛鳥族に援助をしていた各国に通達し、彼らへの援助はすべてガーディアル王国のみが行うと宣言した。それまでに飛鳥族との関係を密にしていたおかげでどんな国が援助をしていたのかは把握していたし、それが族長の意志だと言えば大国であるガーディアル王国の言葉に逆らう国はなかった。

次にシルフィードは、飛鳥族の若者たちに土地を離れることを唆した。

主だった生活のすべは農業で、後は周りの国々の善意で暮らしてきた飛鳥族の人間は、ほとんどが自分たちの血を誇りに思い、土地を愛していたが、若い者の中にはもっと楽な生活を望む者も少なくなかった。

そんな者たちを率先して他国に連れ出すと、飛鳥族の中の若手は一気に少なくなってしまった。

あとは、族長だけが問題だったが、それについても、シルフィードは周到に立ちまわった。

身体が弱かった沙良の弟、皓史。それでも、シルフィードが贈った薬によってずいぶん体調は好転していたのだが、数カ月前からその薬は何の効用もないものとすり替えていたのだ。

援助がガーディアル王国からだけとなってしまっても、他国の分を代わりに増やせとは言わなかった飛鳥族は徐々にだが困窮していったので、栄養のある食べ物も少なくなっていたのだろう。

定期的に皓史を診ていた医師も架空の罪で捕えていたので、最新の医療を受けられないままでいた皓史はかなり危険な状況になっていた。

それが、シルフィードの狙った時だった。

沙良は、シルフィードが彼女を手に入れるためにどんなことをしたのか何もしらない。

素直で善良な彼女はこの先もシルフィードを疑うことはないであろうし、シルフィードも己の暗い部分を沙良だけには永遠に見せないと決めていた。

「兄さま？」

目を細めたシルフィードは顔についている泥を指先で拭ってやり、そのまま軽くちづけた。

「愛していますよ、沙良姫」

「……わ、私も、愛しています」

最近、ようやく恥ずかしがりながらもそう答えるようになってくれた沙良。このままこの場で押し倒し、無茶苦茶に貪りたい欲求に駆られるが、そんなことをしてしまったら数日間は口をきいてくれなくなりそうだ。

「部屋に行きませんか？」

誘うと、沙良の顔がぱっと輝く。

「お仕事、終えられたんですか？」

「ええ。この後はあなたとゆっくりできますよ」

「本当に？　嬉しいですっ」

素直に喜ぶ沙良の腰を抱き寄せると、その向こうで呆れたように溜め息をつくハロルドが見えた。この後の仕事がいっさい取り消されてしまったことを悟ったらしい。

「行きましょう」

シルフィードにとって沙良以外のものは、それが例えガーディアル王国という国であってもまったく価値のないものだ。

この後、散々啼かされることも知らずに笑みを向けてくれる沙良を見つめながら、シルフィードはようやく手に入れた幸せを実感していた。

終

# あとがき

ソーニャ文庫様では初めまして、ｃｈｉ－ｃｏです。今回は「愛の種」を手にとって頂いてありがとうございました。

ＴＬという分野ではまだ二冊目の本です。慣れることはまだなく、今回も自分的には試行錯誤の中ではありましたが、内容が王道の溺愛ということでかなり楽しんで書かせていただきました。

物語の世界は和洋折衷というより、やや中華寄りでしょうか。和名が好きなので、どうしても主人公の片方は好みのものをつけました。ただし、ピンとくる名前を付けるのには少し時間が掛かってしまいましたが。

今回の主人公の一人であるシルフィードはかなり複雑な生い立ちの主で、その中で出会った沙良に執着にも似た愛情を抱きます。結構年が離れているので、方向が違えば保護者的な愛になったでしょうが、彼の胸の中でそれは立派な執着愛に育ってしまいました。

シルフィードみたいな性格は嫌いじゃないです。でも、身近にいたらやっぱり大変そう。そう考えると、沙良が純粋培養な子でなかったら、もっと悲惨な結果になってしまったかも知れませんね。

話の中にはもう二人、重要な人物が出てきます。シルフィードの兄のラドクリフと、沙良の姉の理沙。自身の弟、妹に捻じれまくった感情を抱くこの二人は、それぞれ思いがけない手段で彼らを追い落とそうとしますが、やはり最後は正義が勝つ、でしょうか。

いいえ、あれを正義だと言ってもいいものかどうか少々あやふやですが、物語のラストはやはりハッピーエンドがいいので（笑）。

「愛の種」というタイトルは、話を書き始める時にポンと思い浮かびました。シルフィードの中に芽生えた、沙良に対する愛情を表現したつもりです。この先もずっと、消えることなく愛の花が咲き続けるように、たくさんの種を抱いていて欲しい――って、書いていて背中が痒くなりそうですが、そう言った意味が伝わるような話になっていればいいなと思っています。


イラストは、みずきたつ先生。

今回がＴＬでのイラスト初だとお聞きしましたが、とても綺麗なイラストで、送っていただくたびに溜め息が漏れました。

女の子の沙良が可愛いのはもちろんですが、何と言ってもシルフィードがカッコいい！冷たい眼差しがなんとも素敵で、まさにイメージにピッタリでした。カッコいい男は脱いでも凄く、ラフ画の段階の割れた腹筋を二度見してしまったほど。

皆さんも本編でご堪能ください（笑）。

あ、重ねて言いますが、沙良もかなり可愛いです。丸投げにしてしまった衣装もとても凝ったものを考えてくださって感謝しています。

イラストだけでも、一見の価値あり！

今回は本当にありがとうございました。

ＴＬの世界ではまだまだ新人ですが、これからも頑張りますので、この本共々どうぞよろしくお願いします。

Sonya
ソーニャ文庫

この本を読んでのご意見・ご感想をお待ちしております。

◆ あて先 ◆

〒101-0051
東京都千代田区神田神保町2-4-7 久月神田ビル7階
㈱イースト・プレス　ソーニャ文庫編集部
chi-co先生／みずきたつ先生

# 愛の種（あいのたね）

2014年2月4日　第1刷発行

著　者　chi-co（ちーこ）
イラスト　みずきたつ
装　丁　imagejack.inc
DTP　松井和彌
編　集　馴田佳央
営　業　雨宮吉雄、明田陽子
発行人　堅田浩二
発行所　株式会社イースト・プレス
〒101-0051
東京都千代田区神田神保町2-4-7 久月神田ビル8階
TEL 03-5213-4700　　FAX 03-5213-4701
印刷所　中央精版印刷株式会社


ISBN 978-4-7816-9524-2
定価はカバーに表示してあります。